片想いの相手と駆け落ちしました

CROSS NOVELS

海野 幸

NOVEL:Sachi Umino

大橋キッカ

ILLUST:Kikka Ohashi

CROSS NOVELS

CONTENTS

CROSS NOVELS

CONTENTS

SACHI UMINO PRESENTS

片想いの相手と駆け落ちしました

海野 幸

Illust 大橋キッカ

CROSS NOVELS

鉄と鉄がかちりと噛み合う。花鋏《はなばさみ》の立てる硬質な音が和室に響く。

断ったばかりの茎から立つ青々とした匂いと、むせるような百合《ゆり》の香り。立ち上る匂いの中心で、晴臣《はるおみ》は和室に端座して花鋏を置く。障子を透かして室内に差し込む冬の光は仄白《ほのじろ》く、花の色も一段トーンを落とし淡々と浮かび上がってくるようだ。

すっきりと伸びた百合の茎を持ち、剣山に刺す。朱鷺色《ときいろ》の百合は恥じらうように俯いて可憐だ。若竹色の着物を着た晴臣は、百合と同じくまっすぐ背筋を伸ばす。障子から射す日差しが晴臣の前髪を栗色に透かした。頬は薄い和紙を丁寧に貼り合わせたように白い。障子越しに入る日射しの柔らかさとは対照的に、花を見詰める晴臣の視線は鋭い。

花と対峙《たいじ》していると、風もないのに花びらが揺れるように思われることがある。そのまま視線を逸《そ》らさずにいると、朱鷺色の百合の周りに白や緑や黄色など、鮮やかな色彩が浮かび上がるのだ。その色合いを見定めようと、晴臣が目を眇《すが》めたときだった。

「晴臣、ちょっといいか」

部屋の外から声をかけられ顔を上げる。返事をすると障子が開き、晴臣の父が顔を覗《のぞ》かせた。

「すまない。まだ花を活け始めたばかりか」

「大丈夫です。どうかしましたか？」

「少し、話があるんだ。終わったら母屋に来てくれるか？　先に行ってるから」

晴臣は小さく頷《うなず》くと、手早く周囲の道具を片づけて部屋を出た。

離れと母屋をつなぐ渡り廊下を歩きながら、父がなんの用だろうと首を傾げる。晴臣が花を活けているると知りながらわざわざ声をかけてくるなんて珍しい。急ぎの用かもしれない。

母屋に戻ると、茶の間に両親の姿があった。

自宅である母屋は外観こそ純日本家屋だが、中はかなりリフォームが進んでいる。以前の名残《なごり》で茶の間と呼ばれているそこも、今はダイニングルームと言った方が正しい。磨き込まれた飴色の床に、樫の木で作った一枚板の大きなテーブルが置かれている。

檜皮色《ひわだいろ》の和服を着た父と、クリーム色のワンピースを着た母は、何やら緊張した顔で晴臣を待っていた。肩を並べてテーブルに着き、晴臣にも向かいに座るよう促してくる。互いに目配せをしてどちらが口火を切るか視線で相談した後、母が思い切ったように口を開いた。

「晴臣、貴方《あなた》もうすぐ二十六歳になるじゃない？　だからね……？」

はい、と応じたものの、そこで母は言葉を切ってしまう。なかなか先を続けようとしない母に焦れたのは晴臣よりも父の方で、咳払いをすると重々しい口調で会話に参加してきた。

「だから、晴臣。お前もそろそろ、結婚など考えてみてはどうだ？」

結婚、という言葉が喉に絡んでしまったように、父は苦しそうな咳をする。母は気づかわしげに父の背をさするが、どこか戸惑ったような表情だ。

なぜ結婚の話を持ち掛けられた晴臣自身より両親の方が困惑しているのか理解できず、晴臣は二人の顔を交互に見た。

「兄さんを差し置いて、ですか」

晴臣には八つ年の離れた兄、清雅《きよまさ》がいる。今年で三十四歳になる清雅は未婚で、今もこの家で暮らしていた。兄には一度として結婚のことなどほのめかしたことがなかったのに、どうして先に自分にそんな話が回ってくるのだろう。

清雅の名を出すと、両親はますます困った顔で天を仰いでしまった。

「清雅はなぁ……。あいつの場合は、本人の意思以前にいろいろと問題がなぁ」

「今どきうちみたいなところに嫁いでこようっていう娘さんも少ないのよねぇ」

両親が頭を抱えるのも無理はない。晴臣の生家である紫藤《しどう》家は華道の家元だ。

華道には様々な流派が存在する。池坊《いけのぼう》、小原流《おはらりゅう》、草月流《そうげつりゅう》あたりは一般人にも耳馴染みがあるかもしれない。生け花の源流とも言われる池坊は、最も古い記録をひも解けば十五世紀まで遡《さかのぼ》れる歴史ある流派だ。当主も現在四十六代まで続いている。

晴臣の父が四代目を務める光月流《こうげつりゅう》の創立は明治時代だ。次期家元である五代目を引き継ぐのは、兄清雅でほぼ決定している。

今や伝統芸能となってしまった華道の家元に嫁いでくるのは容易ではない。本人が花に精通しているのはもちろんのこと、華道にまつわる芸事も一通り習熟していなければ客人をもてなすこともできない。流派ごとの確執もある。清雅の婚期が遅れるのも無理からぬことと思われた。

「しかしな、今回の見合い話は清雅が持ってきてくれたんだ」

難しい顔で唸《うな》っていた父が渋面《じゅうめん》を解いた。すぐに母も「そうよ、だから気にしなくていいのよ」と相槌《あいづち》を打ってくる。

「自分の結婚を後回しにして、わざわざ俺に？」

「ええ、とてもいいお話だからって」

「でも、俺は……」

この場で断ろうとしたが、待て待て、と父に片手で遮られた。

「すぐに返事はしなくてもいい。まずは清雅に相談してみなさい」

「そうよ。このお話を持ってきたのはお兄ちゃんなんだから。ついさっきお仕事から帰ってきたみたいだし、お部屋に行ってみたら？」

清雅は次期家元として様々な催事場で花を活けたり公演活動をしたりしている。最近は本の執筆なども依頼されているらしく多忙な兄が、夕時に帰宅しているのは珍しい。今を逃すと断る暇も与えられぬまま見合いを強行されかねず、晴臣は慌てて席を立ち兄の部屋へ向かった。

母屋の長い廊下を歩いて兄の部屋までやって来ると、息を整えてから襖《ふすま》越しに兄を呼んだ。すぐに応《いら》えがあり、断りを入れてから襖を引く。

兄の部屋は十畳ほどの和室だが、畳の上にカーペットを敷き、ベッドまで置かれているので一見洋室のように見える。

藍鼠色の着物を着た清雅は、部屋の隅に置かれたライティングデスクの前に座っていた。眼鏡をかけた横顔は、弟である晴臣でさえときに目を奪われるほど整っている。少しばかり目つきが険しいのが玉に瑕《きず》だが、それを補って余りある美貌だ。

晴臣も顔立ちが整っているとよく言われるが兄とは種類が違う。清雅が薔薇や牡丹などの鮮やかで豪奢《ごうしゃ》な花なら、晴臣はもう少し控えめな、百合や水仙といった花にたとえられることが多い。

書き物を終えたのか清雅が手元から顔を上げる。椅子に腰かけたまま「どうした?」と尋ねられ、単刀直入に切り出した。

「お見合いの話、断らせてください」

清雅は眼鏡の奥でゆっくりと瞬きをすると、手にしていたペンを置いて大儀そうに机から身を離した。溜息交じりに、引き出しから二つ折りの写真台紙を引っ張り出す。

「まだ相手の顔も見ていないだろう。綺麗なお嬢さんだぞ」

「見る必要もありません。お断りしてください」

写真を開こうとしていた清雅の手が止まる。こちらを見る顔は無表情で、何を考えているのかわからない。

兄がこんなふうに表情乏しく自分を見るようになったのはいつからだろう。清雅がまだ大学生だった頃、次期当主と呼ばれるようになるまで兄弟仲は良かったように記憶しているのだが。

机の上に写真を置き、清雅は椅子を回して正面から晴臣を見上げた。

「どうしてだ? 何か結婚に不都合が? それともまさか、もう決まった相手でも?」

どきりとして、晴臣は足元に視線を落とした。

不都合があると言えば、ある。決まった相手はいないが、忘れられない人はいた。

しかし相手の名を出すことはできない。兄も知る人物だ。恐らく全力で反対される。

それ以前に相手とどうにかなる見込みもなく、見合いを断る理由にはできない。けれど他に断り文句も見つからず、視線を落としたまま答えた。

「……終生をともにしたいと、心に決めた相手がいます。だから、お断りしてください」

これはあながち嘘でもない。自分が勝手に心に決めただけで、相手は晴臣の気持ちなど欠片《かけら》も知らないだろうが事実は事実だ。この淡い恋心が消えるまでは、結婚はもちろん見合いも受けるつもりはなかった。

室内に沈黙が落ちる。ややあってから、清雅の深々とした溜息が室内に響いた。苛立《いらだ》ちを感じさせる息遣いに肩をびくつかせながら顔を上げると、眉間に深い皺を寄せた清雅に睨《にら》まれた。

「だったら相手を連れてこい」

清雅は晴臣に横顔を向け、「本当はそんな相手いないんだろう」とつけ足す。

顔を合わせる機会が減っていたとはいえ、さすがにひとつ屋根の下で暮らす兄の目はごまかせない。言い訳も思い浮かばずその場に立ち竦《すく》んでいると、さらに容赦のない言葉が重ねられた。

「連れてこられないのなら、見合いの話は進めるぞ」

こうなると清雅は頑固だ。周囲の言葉に耳を貸してくれなくなる。ここはいったん引き下がり、別の言い訳を考えるのが得策だ。晴臣は何も言わず部屋を出ると、一礼してから襖を閉めた。

清雅の部屋に背を向けて歩きながら、困ったことになった、と肩を落とす。

恋心を抱いている相手を連れてくることはできない。中学を卒業して以来連絡を取ったこともないのだ。何より相手は今、地元にいない。二年ほど前、ふらりと上京してそれきりだ。どこで何をしているのかもわからない。

困惑したまま歩き続け、自室を通り過ぎ離れまで来てしまった。離れには和室の他に茶室もあり、晴臣たち家族や華道教室の生徒、知り合いの茶人などがやってくる。

父に呼ばれるまで花を活けていた部屋に戻ってみれば、花器に一本、朱鷺色の百合が刺さっていた。

薄暗い和室で、花は密やかに佇《たたず》んでいる。人の気配が失せた空間で、地面に根差したわけでもないのにすらりと立って動かない。この場にいるのは晴臣と、物言わず香る花だけだ。

唐突に、小学校の教室を思い出した。

早朝の、誰もいない教室。小学生だった晴臣は電気をつけるのも忘れ、黙々と花瓶に花を活ける。冬の教室はしんしんと冷え、上履きの裏が床とこすれて、きゅ、と高い音がした。

一通り花を活け、花瓶から離れて出来栄えを確かめる。

誰もいない教室。物言わぬ花。冬の底に閉じ込められたような空間で、ふいに背後から声をかけられた。

『綺麗だな』

思い出して、息を呑んだ。声だけでなく、自分に向けられる明るい笑顔や、強く手を引く指の強さまで蘇りその場にへたり込んでしまいそうになる。

「……大我《たいが》」

久々に名前を呼んだ。晴臣の初恋の相手で、未だに忘れられない想い人だ。

山内《やまうち》大我は晴臣の同級生で、小、中学校が同じだった。同じクラスになったのは小学四年から六年の三年間だけ。中学は一度も同じクラスにならず、卒業後はそれぞれ別の高校に進学した。

それなのに声を思い出しただけでこのざまだ。小さく息を震わせて花器の前に膝をつく。

名前からもわかる通り、大我は男性だ。初恋の相手が同性なのだから自分はゲイなのかもしれない。あやふやな言い方になってしまうのは、大我以外の人間に恋をしたことがないせいだ。女性が恋愛対象にならないのか、それとも大我以上に魅力的な人物に出会ったことがないから心が動かないのか定かでなかった。

こんな状況で見合いなど受けられるわけもないが、その理由を家族に打ち明けるだけの勇気もない。

困り果て、晴臣は花筒に入れていた花を一本一本抜き出した。ほとんど無自覚の行為だ。幼い頃から暇さえあれば花を弄《いじ》っていた晴臣は、心が乱れると花に触れて平静を取り戻そうとする節がある。

花筒の花だけでなく、花器に刺さっていた百合も残らず腕に抱えて部屋を出た晴臣は、母屋の茶の間にある大皿に花を活けようと足を踏み出し、まだそこに両親がいることに思い至って方向転換した。見合いを断りたがる理由を根掘り葉掘り尋ねられても困る。

花も自分の恋心も持って行き所を失って、花を抱えたまま外に出た。

そろそろ一月も終わる時分、外は身震いするほど寒い。上着を着てこなかったことを悔やむだけの余裕もなく、俯き気味に歩き続ける。

和装の成人男性が花を抱えて歩いていたら道行く人の注目を浴びそうなものだが、すれ違う人たちは平然と晴臣に会釈をしてくる。晴臣の家はこの辺りでは有名な豪邸で、無論華道の家元であることも知れ渡っている。晴臣が花を抱えてうろついているのも珍しいことではないので、誰も不審がらなかった。

小学生の時も、こうして毎朝花を抱えて学校に向かった。あの頃から、自分は何も変っていない。不安になると花を弄る癖も、大我のことが忘れられないのも。

花に顔を埋めるようにして歩いていたら、前から歩いてきた人と肩がぶつかった。

「……っ、すみませ」

とっさに顔を上げた晴臣の言葉が途切れる。足も止まって、道のまんなかで棒立ちになった。相手も立ち止まり、驚いた顔で晴臣を見下ろしてくる。視線より高いところにある顔には見覚えがあった。癖の強い黒髪に、太い眉、驚いて大きく見開かれた瞳。

「紫藤？」

ざらりと低い声に名を呼ばれ、晴臣はぎゅっと花を抱きしめた。

花の向こうから晴臣を見下ろしてきたのは、大我だ。

俄《にわ》かには目の前の光景が信じられなかった。こうして大我と顔を合わせるのは何年ぶりだろう。中学を卒業して以来なので、もう十年以上は経っているのか。

当時から大我は背が高かったが、あれからさらに伸びたらしい。晴臣は身長百七十センチと平均的な体型だが、大我はそれより頭ひとつ大きい。百八十は超えていそうだ。

骨格も変わった。顎《あご》のラインががっしりして、肩幅も大きい。けれど人懐っこい目元は昔のままで、その目にゆっくりと笑みが上がる。

「なあ、紫藤だろ？　久しぶりだな」

記憶の中よりぐんと声も低くなった。けれど大らかな笑顔は変わらない。感極まり、大我、と呼びそうになって慌てて声を呑み込んだ。

「お前こそ、久しぶりだな……山内」

在学中、晴臣は大我を名前で呼んだことがない。学生時代は互いに名字で呼び合っていた。大我、と下の名で呼ぶようになったのは中学を卒業してから。晴臣の心の中でだけだ。

花の隙間からちらりと大我を見る。大我は黒のダウンジャケットにジーンズを合わせ、足元はスニーカーというラフな格好だ。視線を悟られぬよう、花を抱え直してぼそぼそ尋ねた。

「山内は、東京で就職したと聞いていたが、地元に戻ってきたのか？」

「ん？　いや、今日はちょっと実家に顔を出しただけだ。また戻る」

晴臣の声が聞こえにくかったのか、大我は長身を屈めて返事をする。男らしく整った顔が近づいて、とっさに顔を伏せてしまった。

頬に熱が集まるのを隠せない。大我がまた東京に帰ると知って落胆した表情になっている自覚もあった。ここから都内までは電車で二時間もあれば着くとはいえ、そう気楽に行き来できる距離でもない。

俯いて息を殺していると、前より近くで大我の声がした。

「どうした、顔色悪いぞ？」

驚いて顔を上げると、大我がさらに身を屈めて晴臣の顔を覗き込んできた。太い眉、筋の通った鼻、意外と厚みのある唇がいっぺんに目に飛び込んできて悲鳴を上げそうになる。

「な、なんでもない！」

「そんなふうには見えねぇな。どうした、何かあったか？」

晴臣は激しく目を泳がせる。十年近くまともに顔を合わせていなかったのに、どうして大我はこんなに屈託なく会話ができるのだろう。まるで昨日まで一緒に通学路を歩いていた友人同士のように距離が近い。

晴臣は花を抱えたままじりじりと後退する。当然のように大我が距離を詰めてくるので、うろたえて口を滑らせてしまった。

「み、見合いを勧められたんだ」

ちゃんと答えたのに、大我は身を起こすどころか、ますます晴臣に近づいてきた。

「見合いって、お前がするのか？　さすがに早くないか？」

「別に、早くもないだろう。地元ではもう、何人か同級生が結婚してる」

「そりゃ知ってるけど。お前が？　親から勧められたのか？」

「いや、兄から……」

後ずさっていたら、背中によその家の生け垣が当たって動けなくなった。

大我の表情が急変する。きょとんとした顔から一転、眉間にざっくりと皺が寄った。

「お前の兄貴か！　あいつ相変わらずろくなことしねぇな⁉」

不穏なくらい低い声を聞くまで、兄と大我が不仲なことを忘れていた。

どういうわけか知らないが、昔から大我と清雅は仲が悪い。顔を合わせるたびに喧嘩が始まってしまう。普段は冷静な清雅が、大我とだけは大声で口論するのが晴臣には不思議だった。一体どんな因縁があって二人の仲がこじれたのか未だにわからない。

しかしこれは、晴臣にとって良い面もあった。

大我を毛嫌いしていた清雅は、晴臣が大我と親しくすることも嫌がった。それを察した大我が、清雅への嫌がらせと称してたびたび晴臣に声をかけてくるようになったのだ。ちょうど晴臣たちが中学校へ進学した頃のことである。中学時代は同じクラスになることこそなかったが、大我はことあるごとに家に遊びに来てくれた。兄への当てつけが目的だとしても嬉しくて、その点に関しては二人が不仲だったことに感謝している。

見合いの一件に清雅が絡んでいると知り、大我は俄然興味が湧いた様子で事の次第を聞きたがった。こうなると適当にごまかすこともできず、近くの公園のベンチに腰かけ、簡単に事のあらましを説明する。

一通り話し終える頃には、辺りはすっかり夕暮れの色に染め上げられていた。大人しく話を聞いていた大我は、のそりと身を乗り出すと横から晴臣の顔を覗き込んでくる。

「話は大体わかったが……お前、心に決めた相手ってのは本当にいるのか？」

晴臣は無言で花を抱え直す。まさかその相手が大我だとは言えない。声が震えてしまわぬよう深呼吸してから、「いない」と答えた。

「いないのか」

「だが、誰か連れていかないと兄は納得しないだろうから、適当な相手を探さないと……」

とはいえそう簡単に見つかるとも思えない。成人してからも花に没頭し、あまり外に出たがらなかった晴臣の交友関係は狭い。こんな無茶を頼める知り合いなど思いつかなかった。

どうしたものかと溜息をつくと、頬に視線を感じた。隣を見ると、深く背を曲げた大我が膝に肘をついてこちらを見ている。唇に緩く笑みを浮かべた顔からは、学生時代にはなかった余裕のようなものが感じられてどきりとした。

いい男になったものだと改めて思っていたら、唇に笑みを残したまま大我が言った。

「じゃあ、俺が恋人の振りしてやろうか？」

笑顔に見惚れて言葉が耳に入ってこなかった。声まで男前になったな、などと明後日《あさって》の方向に思考を飛ばし、数秒経過してからようやく我に返る。

「……何？」

「だから、俺を連れていけよ。そうしたら兄貴も見合いの話なんて持ってこなくなるだろ。なんたって弟の恋人が男なんだから」

「それは――」

「兄貴に一泡吹かせてやろうぜ」

泡も吹くだろう。白目をむいて後ろに倒れていく姿まで目に浮かんだ。大我も同じような光景を想像したのか、おかしそうにくつくつと笑っている。

なんだ、冗談か、と晴臣は肩の力を抜く。馬鹿を言うなと笑い飛ばして終わりだ。大我もそれを承知でこんな提案をしたに違いない。それくらいのことはわかっていたのに、口からこぼれたのは自分自身予期していない言葉だった。

「なら、頼む」

うっかり本音が漏れた。嘘でもなんでも、長年想い焦がれた大我が恋人の振りをしてくれるならそのチャンスを逃したくなかった。

言ってしまってから自嘲する。空しい冗談だ。大我はどんな顔で切り返してくるだろうと視線を上げると、思いがけない表情に直面した。

「そう来なくちゃ」

そう言って、満面の笑みを浮かべたのだ。

「じゃ、早速兄貴に会いに行くか？　それともご両親に挨拶する方が先か」

休み時間の始まりに、皆で何をして遊ぶか話し合っているときのような顔だった。大きな口は笑うとますます魅力的になって目のやり場に困る。悪戯《いたずら》めいた笑みを向けられ、息苦しいほど心臓が高鳴った。黙っていると声も出なくなってしまいそうで無理やり口を開く。

「……男なんて連れていったら勘当されそうだが」

「そりゃそうだな。兄貴だけじゃなく、親父さんもびっくりするぞ」

「家を追い出されたらどうする。しばらく同居でもさせてくれるか？」

大我が笑う。低く柔らかな声は耳に心地がいい。夕日の赤に染まった大我の笑顔はびっくりするほど優しくて、喉の奥から妙な声が漏れてしまいそうになった。

大我の笑顔に見惚れながら、自分はもう一生結婚できないかもしれないな、と思う。いつか大我への恋心が薄れたら、などと思っていたが、そう簡単に消えそうにない。

「なあ、紫藤」

大我が声を改めた。冗談もここまでか。

「なんだ」となるべく素っ気ない声で応じたら、おもむろに大我がベンチから立った。

「そういう場合は、同居じゃなくて同棲って言わないか？」

まだ冗談は続いていたらしい。妙なところで細かい男だ。「そうかもな」と苦笑して晴臣も立ち上がる。

冬の日暮れは早く、夕日に染まる公園からは見る間に茜色が引いていく。

そろそろ家に帰らなくてはさすがに家族が心配する。まだ解決策は見つかっていないが、まずは両親に相談してみよう。兄より強固な態度には出ないだろう。

公園を出て、それじゃあ、と大我に声をかけると、なぜか大我も晴臣の後をついてきた。

「山内の家は逆方向じゃなかったか？」

「こっちに用があるからいいんだ」

そうか、と言ったきり晴臣は黙り込む。嬉しい、と思ったが言えない。夕暮れの道は人が少なく、黙っていると互いの足音ばかり耳についてしまって、別の言葉を口にした。

「ご家族は息災か？」

「ん？　うん、息災」

ふふ、と大我が笑う。

「相変わらず育ちのいい喋《しゃべ》り方してんなぁ」

「……別に、普通だ」

小学生のときも大我に同じことを言われた。「紫藤は俺らと違ってお金持ちだから」と言われたのがなんだか淋しかったことまで思い出す。大我と自分の間に線を引かれたようで、それを飛び越えたくてわざとぶっきらぼうな口調で喋るようになった。「僕」ではなく「俺」、「君」ではなく「お前」。最初は慣れなくて随分ぎこちなかったものだ。

まだ隣で笑っている大我に軽く肘をぶつけてやって会話を続ける。

「工場の方はどうなんだ」

「まあ、ぼちぼちってところかな」

大我の実家は町工場だ。自宅は工場の裏にある。主に金属の加工を行っており、空調システムの部材や流通部材、建築金物などを扱っているのだそうだ。工場は小さいが、シャッターの向こうからはいつも金属のぶつかり合う賑《にぎ》やかな音が響いている。

大我はひとり息子で、他には兄弟もいない。工業高校を卒業した後家業を継いだようだったが、二年前に突然上京したきり音沙汰がなかった。

この二年、どこで何をしていたのだろう。そろそろ地元に戻る予定はないのだろうか。

ちらちらと大我の横顔を窺《うかが》っていると、横から大我の手が伸びてきた。抱えていた花の中から、朱鷺色の百合を一本引き抜かれる。

「重くないか？　それ」

　尋ねながらもう一本花を抜く。大丈夫だと答える前にもう一本取られ、またもう一本。

「貸せよ。持ってやる」

　両腕が伸びてきたと思ったら、がさりと花束を奪い取られた。

「いい匂い」

　花に顔を埋め、大我が笑う。晴臣は何度だってその横顔に見惚れ、何度となく大我に惹かれている自分を実感する。思えば初めて恋心を自覚したときも、隣には花を抱えた大我がいた。

「……昔もこうやって、お前と歩いたことがあったな」

「ああ、小学生の頃な」

　教室の花瓶に飾ろうと、晴臣が花を抱えて通学路を歩いていたときのことだ。

　大我とはたまに朝の通学路で一緒になったが、一度だけ花を持ってもらったことがある。

「あのときもお前は、そうやって花を持ってくれて……」

「いや、違う」

　それまでより少し強い口調で大我に言葉を遮られた。

「あのときは、紫藤が俺に花を渡してきたんだ」

「そうだったか？」

　正直なところ前後の状況はよく覚えていない。そんなことより自分の恋心を自覚してしまったことの方が重大だったからだ。

それまでだって事あるごとに大我を目で追ったり、遠くから聞こえる声に耳をそばだてたりしていたが、それが慕情に根差したものだと理解したのはあの瞬間だった。

当時を思い返していたら、おい、と大我に声をかけられた。

「お前の家ここだろ？」

話しながら歩いていたら、いつの間にか自宅に着いてしまったらしい。

楽しい時間はあっという間だ。ほぼ十年ぶりに再会した大我との逢瀬もこれまでか。次に会えるのはいつだろう。切ない溜息をついて晴臣は大我から花を受け取ろうとする。

「いいよ、中まで運んでやる」

離れがたい、と思っていただけに大我の親切を断れない。外門をくぐり、飛び石を歩いて玄関の引き戸を開けると、その音を聞きつけたのか廊下の奥から父と母が出てきた。

「晴臣、よかった！　何も言わずに出かけるからどうしたのかと……！」

「やっぱり見合いの話なんて急過ぎたか。悪かったな……おや」

晴臣に続いて中に入ってきた大我を見て、父親が目を丸くする。

「そちらは……山内さんのところの？　大我くんじゃないか」

「はい、ご無沙汰しております」

花を抱えたまま、大我は晴臣の両親に深く頭を下げる。一時期兄への嫌がらせとしてよくこの家を訪れていたので、両親共に大我のことはよく知っている。それに、晴臣の父と大我の父は学生時代の友人でもあったらしい。

「なんだ、こちらに戻っていたのなら言ってくれればよかったのに。山内も水臭い」

「いえ、俺はまたすぐ東京に帰りますから。今日はご挨拶にだけ伺いました」

普段は砕けた喋り方をする大我だが、目上の人に対する言葉遣いはきちんとしている。やんちゃなようで礼儀をわきまえているため、特に年配の人から大我は人気があった。晴臣の父親も相《そう》好《こう》を崩し、「挨拶というのは？」と尋ね返す。

晴臣もきょとんとした顔で大我を見る。父に何か用事があったのだろうか。

大我は玄関の上《あ》がり框《かまち》に花を置くと、膝に額がつくほど深々と両親に頭を下げた。

「ご挨拶が遅れましたが、以前から、息子さんとおつき合いをさせていただいています」

広々とした玄関に大我の声が響く。深く頭を下げてなお、その声はくぐもることなく聞く人の耳を打った。晴臣の父も、母も、もちろん大我の隣に立っていた晴臣も、全員が大我の言葉を鮮明に聞き取った。が、誰も反応できなかった。

上がり框に載せられた花の束が、とさ、と柔らかな音を立てて崩れる。朱鷺色の百合が土間に落ちた。鮮やかな色に視線が引き寄せられて目が動く。視界の端に両親の顔が映り込み、ようやく現実に戻ってきた気分で父の顔を見た。

晴臣の父は口を半分開いて硬直していた。旧友の息子が自分の息子とつき合っているなどと言い出したのだからその心中は計り知れない。唇が小さく震え、掠《かす》れた声で何か呟《つぶや》く。

「そんな、そんなことは……」

尻すぼみになっていくその声を引き取ったのは、廊下の奥から響いてきた絶叫だった。

「そんなことは許さん！」

地鳴りのような音が近づいてきたと思ったら、奥から清雅が走り出てきた。瞬間、大我が天敵に遭遇した獣のような俊敏さで顔を上げる。

着物の裾が乱れるのも厭《いと》わず駆け込んできた清雅は、両親を左右に押しのけると晴臣たちの前で仁王立ちになった。

「貴様、またこちらに戻って来たのか！　大人しく東京に骨を埋めたかと思ったら！」

「勝手に人を殺してんじゃねぇよ。失礼な奴だな」

晴臣の両親と話していたときとは打って変わって大我の口調が不遜になる。

清雅は着物の袖をはためかせて腕を組むと、大我の言葉を鼻先で笑い飛ばした。

「貴様に礼について語られるとは。片腹痛いわ！」

「俺も少しは礼儀作法について勉強したんでね。今日はご挨拶に来たんだよ、お義兄《にい》さん」

言うが早いか大我が晴臣の肩を抱き寄せた。呆然と立ち竦んでいた晴臣は抗《あらが》う間もなく大我の胸に引き寄せられる。肩を寄せ合う二人を見るや、清雅の額に青筋が浮いた。

「……お前と弟がつき合っていた、と？」

「そうだ。その挨拶に来た」

「見え透いた嘘をつくな！」

清雅の喉から怒号がほとばしり、左右に控えていた両親が飛び上がった。清雅の後ろに回り込み、夫婦で手を握り合って後ずさりする。

清雅は両親の様子など眼中にも入らぬ様子で、上がり框から大我に人差し指を突きつけた。

「貴様なんぞ東京に行ったきりもう何年も帰っていなかっただろう！　晴臣と接点などあってたまるか！　そもそも俺の弟が、貴様のような洟垂《はなた》れたクソガキとつき合うものか！」

「あんたがその調子だから隠れてつき合ってたんだろうが！　見抜けなくて残念だったな！」

「なんだと――！」

晴臣の頭の上で猛烈な口論が始まる。止める暇もなかった。

昔からこうだ。兄と大我は顔を合わせるとこの調子で、ヒートアップすると誰も止められない。

晴臣はそっと大我を窺い見る。こちらも口角泡を飛ばしてかなり興奮している。ときどき「兄貴のくせにそんなことも知らないのか」とか「弟の何を見ていたんだ」と清雅を煽《あお》るような言葉を叫び、悔し気に歯噛みする清雅を見てさも嬉しそうに笑う。

凄いな、と思った。そこまでして清雅をやり込めてやりたかったのか。そのためだけに、同性の友人の恋人役まで演じるとは。

大我と兄の間には一体どんな確執が、などと考えていたら、大我に強く抱き寄せられた。

「俺はもうずっと前からこいつが好きだったんだ！　誰にも邪魔はさせねぇぞ！」

ひっ、と晴臣は喉を鳴らす。いわゆる売り言葉に買い言葉というやつだ。頭に血が上った大我が心にもないことを言っているのはわかったが、それでも長年想いを寄せていた相手にこんなことを言われて嬉しくないはずがない。

嘘でも嬉しかった。涙ぐんでしまいそうだ。この先もう二度と大我と会うことがなかったとしても、この思い出を反芻《はんすう》しながら生きていける。本気でそう思った。

大我は晴臣の肩を抱いたまま、幾分声のトーンを落とす。

「前々から、こいつを連れて逃げる計画は立ててた。今日がその日だ」

清雅は傍目《はため》にもわかるほどきつく奥歯を噛みしめ、今度は晴臣に矛先を向けた。

「晴臣、本気か？」

大我の腕の中、晴臣は緩慢な瞬きをする。信じられないことが次々起こって上手く頭が回らない。本当ならこの辺りで自分が「冗談だ」と言って場を収束させるべきなのだろうが、それを察したように大我が強く晴臣の肩を摑んできて口が滑った。

「本気、です」

よし、というように大我が晴臣の肩を叩く。そんな仕草にすら胸をときめかせていたら、清雅が無言で両目を閉じた。それまでの激昂ぶりが嘘のように静まり返った表情で大きく息を吸い、次の瞬間、眼鏡の奥で眦《まなじり》が切れるほど大きく両目を見開く。

「そんな話を信じるとでも思ったか！」

真正面から怒号をぶつけられ、晴臣は夢から覚めた顔になった。

幼い頃から晴臣と清雅は仲が良かった。ここ数年はぎくしゃくとした関係が続いていたが、それでも喧嘩らしい喧嘩をしたことがない。当然兄に怒鳴りつけられるのも初めてで、怯《ひる》んで後ろに下がりそうになる。

清雅は苛々《いらいら》と前髪を搔き上げると、震える指で晴臣を指さした。

「そんなにも……そんなにも俺と腹を割って話すのが嫌か！　俺に言いたいことがあるのなら直接言えばいいだろう！　そんなわかりやすい嘘をついてまで、お前は……！」

清雅は憤怒の表情を浮かべている。まさかこんなにも激怒されるとは思わずうろたえた。いつもの兄ならば、大我と晴臣がつき合っているなどと聞かされたところで「馬鹿らしい」と一笑に付して終わりだろうに。

何がこんなにも清雅の心を搔き乱してしまったのかわからない。当惑して後ずさりしそうになったが、背中に回された大我の腕がそれを止めた。

「何も嘘なんてついちゃいねぇよ。俺はこいつのことが好きだ」

大我の声に迷いはなかった。清雅の怒声にもまるで動じていない。

清雅は両手に垂らした手を握りしめると、ぶるぶると拳を震わせて叫んだ。

「だったら駆け落ちでもなんでもしてみろ！　お前のような町工場の小倅《こせがれ》にうちの弟を養えるとは思えんがな！　我が家は一切手助けをせんぞ！」

言いながら、背後に控えていた両親を振り返る。

「父さんも母さんも、いいですね！」

はい、と両親が声を揃えた。すっかり青ざめている。

両親が色を失うのも無理はない。こんなふうに怒髪天を衝く清雅の姿を目の当たりにするのは初めてだろう。学生時代から大我と凄まじい攻防戦を繰り広げてきた清雅だが、それは常に人目につかない場所で行われてきたからだ。

顔面蒼白で清雅を見詰める両親は、すっかり晴臣の存在を忘れている。晴臣が同性の恋人を連れてきたことより、清雅の豹変ぶりに動転している様子だ。

「わかった。でも身の回りの物を持ち出すくらいいいだろう？　晴臣、支度してこい」

あまりに自然な調子で下の名前を呼ばれ、息を呑んだ。一気に顔が赤くなり、俯きがちに上がり框を上がる。その間も、「気安く弟の名を呼ぶな！」「恋人同士なんだから名前ぐらい呼ぶだろ！」と清雅と大我の口論は続き、耳まで赤く染めて廊下を駆け抜けた。

とりあえず自室に戻ってきたはいいものの、何を持ち出せばいいのだろう。とにかく大事なもの、と室内を見回し、学生の頃からずっと使っていた机に目を止めた。大学を卒業してからは滅多に座らなくなった机の引き出しを開ければ、鉛筆の匂いと一緒に学生時代の思い出が蘇る。晴臣は引き出しに手を入れると、奥に隠していた巾着を取り出した。

お守り袋より若干大きいそれは、晴臣が小学生の頃に自分で縫ったものだ。大事なもの、と考えたとき、真っ先にこれが浮かんだ。

巾着を着物の懐に入れると同時に、襖の向こうから清雅の怒鳴り声が響いてきた。玄関から晴臣の部屋までは大分離れているはずなのに、一体どれほどの声量で叫んでいるのか。

早く準備をしなければ。携帯電話、と室内を見回したがない。離れの和室に置いてきてしまったか。財布もない。午前中に買い物に行って、手提げと一緒に居間に置いたままだ。

あたふたしているうちに大我と清雅の声はますます大きくなり、慌てて部屋を飛び出した。玄関に向かう途中で納戸の前を通り過ぎ、はたと思いついて中に入る。薄暗い納戸の奥には防災リュックがあった。中には現金も少し入っていたはずだ。とりあえずこれだけ持っていけば数日はしのげるだろうと、リュックを摑んで玄関に駆け戻る。

玄関ではまだ大我と清雅が口論を続けていた。さすがに両親が止めに入ろうとしているが隙を見つけられずおろおろしている。晴臣は清雅の傍らをすり抜け、上がり框を飛び下りた。すぐさま大我の腕が伸びてきて、晴臣を自分の方へ抱き寄せる。

大我の広い胸に横顔を押しつける格好になり、弾んでいた息が喉元で絡まった。足を止めても心拍数は上昇を続けて息苦しいくらいだ。

玄関先に響き渡っていた大我と清雅の怒声がふいに止む。顔を上げると、清雅が無表情で晴臣を見下ろしていた。しかし怒りが鎮火したようには見えない。赤々と燃えていた炎が、ふいに青白く変化したようにも見える。赤い火より、青い火の方が温度は高い。

「本気なんだな」

防災リュックを抱えた晴臣を見下ろし、清雅は平坦な声で問う。しかし晴臣の返答は待たず、大我に目を向けると直前までの乱れた口調が嘘のように淡々と告げた。

「いずれ同棲している様子を見にいく。お前の住所は後で連絡してよこせ。単なる同居だったらただでは済まさんぞ」

「同棲に決まってんだろうが。妙な難癖つけてこいつを連れ戻す気か?」

「難癖じゃない。距離感を見れば容易《たやす》く知れる。言っておくがな、今のお前たちは数年ぶりに再会した友人同士にしか見えん。友人どころか、知人の間柄だ」

清雅の言葉は正鵠を射ている。やはり兄の目はごまかせないか。

動揺が顔に出そうになったが、大我が晴臣の肩を抱いたまま清雅たちに背を向けてくれたおかげでごまかせた。戸口を閉めた瞬間、「母さん！　塩を！」と叫ぶ清雅の声が響き渡る。

外門をくぐって道路に出ると、肩を抱く大我の腕がするりと外れた。それまで大我の腕に押されるようにして歩いていた晴臣は足が止まってしまいそうになる。大我はそれに気づかず、晴臣を置いて大股で歩きながら声高に言った。

「あの兄貴は本当に……お前の意見も聞かずに見合いなんて進めようとすればこじれるに決まってんだろうに。お前だって兄貴に言われちゃ無下に断れないだろ？　それをわかってて――」

大我の言葉が途切れ、晴臣はぼんやりと顔を上げた。すでに互いの距離は随分開いてしまって、数歩前で立ち止まった大我が自分を見ている。

外はすっかり日が落ちて、ばつが悪そうな大我の顔が街灯に照らし出された。

「さすがに強引過ぎたか？」

晴臣は我に返って目を瞬かせると、慌てて大我に駆け寄った。

「いや、ありがとう。……助かった」

「助かったって言うわりに、ひどい顔色してるぞ」

晴臣の手からリュックを奪い、大我は歩調を緩めて歩く。礼を言うのも失念して、晴臣はぽつりと呟いた。

「兄に初めて怒鳴られた」

大我が意外そうに眉を上げる。

「兄弟喧嘩とかしたことなかったのか？」

「なかった」

「よっぽどお前を溺愛してたか」

あの兄貴ならあり得る、と大我は笑うが、晴臣は一緒に笑うことができない。幼い頃ならいざ知らず、ここ数年は兄には距離を置かれていた気すらする。

黙り込む晴臣を見下ろし、大我が声を和《やわ》らげる。

「とりあえずうちに来い。勘当騒ぎになったら同棲するって約束だろ？」

同居の間違いだろう、と混ぜっ返すのも忘れ、晴臣は小さく頷《うなず》くことしかできなかった。


晴臣と清雅は、八歳年の離れた兄弟だ。

幼い頃の晴臣は今以上に内向的で、両親と兄以外にはほとんど懐かない子供だった。休日ともなればどこへ行くにも兄と一緒で、清雅も嫌がらず面倒を見てくれていたように思う。

兄弟の仲がぎくしゃくし始めたのは、清雅が成人して正式に次期当主と呼ばれるようになってからだ。兄の態度がよそよそしくなってきたと思ったら、新春の親族会で老齢の親戚連に呼び出された。何かと思えば、兄への言葉遣いを改めろと言う。

「実の兄といえども、相手は未来の家元だ」というのが親族たちの言い分で、自分たちが若い頃は血を分けた兄弟でも家元には恭《うやうや》しく接したものだと滔々《とうとう》と言い含められた。

元より兄のことは尊敬している。華道においても実力は兄の方がずっと上だ。敬語を遣うことに抵抗はなく、晴臣はその日から清雅に敬語で話しかけるようになった。

突然晴臣が敬語で話しかけてきても、清雅は特にそれを止めようとしなかった。以来、晴臣はずっと兄に対して敬語を遣い続けている。家族の中で兄にだけ口調を変えるのもおかしいので、両親に対しても言葉遣いを改めた。あのときはむしろ親の方が淋しがったものだ。

今思えば、親族が急に「敬語を遣え」と迫ってきたのは兄から根回しがあったからかもしれない。だから兄だけは晴臣が急に敬語になっても当然のように受け入れたのではないか。

悪い想像はどんどん膨《ふく》らむ。

家元に兄弟がいた場合、家元に選ばれなかった者は分家することになっている。婿養子に行く場合もあるが、どちらにせよ早々に家を出るのが通例だ。

晴臣は今年で二十六歳。まだまだ結婚は先と気ままな実家暮らしを続けていたが、それが兄の気に障ったのかもしれない。思えば今回の見合い話を持ち込んだのも兄だった。なかなか家を出ようとしない弟を追い出すにはいい口実だ。

当主でもないのに本家に居座り、身の程をわきまえない晴臣を兄は疎《うと》ましく思っていたのだろうか。

兄の目に映る自分の姿を想像して息を詰めたところで、とんと背中を叩かれた。

「ほら、着いたぞ」

大我の声で我に返る。晴臣たちの地元から電車に揺られて約二時間。電車を降りてふらふらと歩いていた晴臣が顔を上げると、立ち止まった大我の背後に寂れたアパートが建っていた。

「古くてびっくりしただろ。でも中は意外と綺麗だぞ」

大我に促されるまま、蛍光灯が切れかけた薄暗い廊下を歩く。二階建てのアパートは全部で八戸。廊下に面した各部屋の窓からは弱い光が漏れるばかりで、人の声は聞こえない。

一階の奥にある角部屋が大我の部屋らしい。手招きされて中に入る。

第一印象は、狭い、だった。

まず玄関が狭い。晴臣の自宅は玄関だけでも八畳ほどの土間があるが、アパートの玄関は半畳あるかないかという狭さだ。目を白黒させながら草履《ぞうり》を脱げば、細くて短い廊下が続く。廊下の途中にはキッチンまであった。その向かいに扉が二つあり、風呂とトイレにつながっているらしい。奥には八畳ほどの部屋がある。晴臣の実家の玄関先と同じ広さのここが寝室兼居間で、他に部屋がないと知って棒立ちになった。

「おお、びっくりしてんな。まさかアパートに入るの初めてか。学生の頃、ダチの下宿先とか行かなかったのか？」

「家に招かれるほど親しくなった友人がいなかった」

「……お前、中学卒業した後もそんな感じじゃか」

呆《あき》れられても仕方ない。晴臣は未だに人づき合いが不得意だ。小学生の頃も、大我が一方的に構ってくれなければずっと教室の隅にいるような子供だった。

大我は部屋の中央に置かれたローテーブルの前に晴臣を座らせると、キッチンでインスタントのコーヒーを入れて戻ってきた。

斜向かいに大我が座る。ローテーブルは小さく、成人男性二人が足を入れるとそれだけでもう一杯だ。自然と互いの距離も近くなり、にわかに晴臣の心臓がうるさくなった。

清雅に怒鳴りつけられた衝撃から立ち直れないままここまで来てしまったが、自分は今、大我の住むアパートにいるのだ。もう十年近く顔を合わせておらず、もしかすると今生で会うことは二度とないかも知れないと思っていた初恋の相手の、私的空間に。

意識した途端心臓が勢いよく胸を叩き始め、手元を狂わせないようゆっくりカップを口元へ運んだ。頬に大我の視線を感じて目を上げられない。伏し目がちにコーヒーを飲んでいると、大我がのっそりとテーブルに肘をついた。

「随分気落ちしてんな？　兄貴と喧嘩したのがそんなに応えたか」

カップの縁から目を上げれば、大我が鷹揚《おうよう》な笑みを口元に浮かべてこちらを見ていた。

「お前の兄貴が落ち着くまではしばらくここにいていいぞ。こうやって家出しちまえば、お前の家族も我に返って無理に見合いを勧めようとはしないだろ」

「しばらくというと……明日くらいまでか？」

「それじゃあしばらくって言わないだろ。一週間とか一ヶ月とかだよ」

晴臣は目を瞠《みは》る。今日は土曜日なので、てっきり週末の二日ほど置いておいてくれるだけかと思ったのに、そんな長期的な計画だったとは。

「いいのか……？」

「他に見合いを免《まぬが》れる手段もないんだろ？」

晴臣は即答できずに黙り込む。実際には見合い相手の顔すら見ていないし、兄の持ってきた話がどこまで本格的なものかすらよくわからない。案外そこまで形式張った見合いではないのかもしれないが、本当のことを言ったら大我は肩透かしを食らったような顔で「じゃあもう帰るか？」などと言い出すかもしれない。それは惜しい。とても惜しい。片想いの相手と同じ屋根の下に暮らすという僥倖《ぎょうこう》をあっさり手放せるほどまだ人生を達観しきれていない。

晴臣はごくりと喉を鳴らすと、なるべく真剣な表情を装って頷いた。

「俺がここにいれば、そのうち家族の誰かが根負けして迎えにくると思う。その頃にはさすがに見合いの話も撤回になっているはずだ。それまで、厄介《やっかい》になっても構わないだろうか」

「いいぞ」

晴臣が決死の覚悟で口にした言葉はあっさりと了承される。本当にいいのか、と重ねて尋ねたくなった。こう言っては悪いが大我の部屋は狭い。大柄な大我がひとりで暮らすだけでも手狭そうなのに、晴臣が転がり込めばもっと窮屈になってしまう。

見たところ、寝室兼居間であるこの部屋は中央にローテーブル、部屋の隅にパイプベッドを置いただけで満杯だ。男二人でどうやって眠るのか尋ねれば、「どっちかが床で寝ればいいだろ」とけろりとした顔で返されてしまった。

「もう一組、布団があるのか？」

「布団はないが寝袋がある。心配すんな、俺が床に寝るから」

晴臣は困惑の表情を浮かべる。こんな話、大我にはひとつも利点がない。

「……自分から申し出ておいてなんだが、なぜこんな無茶な話を承諾してくれるんだ？」

「決まってんだろ。お前の兄貴に吠え面かかせてやりたいからだよ」

笑顔で即答されてしまった。

嘘をついているようにも見えず、晴臣は口ごもりながら長年の疑問を口にする。

「前から思っていたんだが、どうしてお前はそんなに兄と仲が悪いんだ？」

コーヒーをする大我の顔がぐっと険しくなった。インスタントの薄いコーヒーが、急に煮詰まったかのようだ。聞いてはいけないことだったか、と肝を冷やしたが、大我は険しい顔のままあっさりと口を開いた。

「食い物の恨みってやつだな」

飛び出た言葉は想定からかけ離れていて、晴臣は無言で大我を見詰める。視線を受けた大我は、

「下らないとか思ってんだろ」と心外そうな顔をした。

「ちょっと特別な食い物だったんだよ。小六のとき、お前も同じクラスだったから知ってるだろ？

バレンタインに俺がクッキーもらったこと」

晴臣の肩先が揺れる。それならよく覚えていた。同じクラスの女子生徒から大我はクッキーをもらったのだ。放課後の裏庭で。周囲の目を盗んでこっそり渡されるはずだったクッキーは、実は三階の図書室からクラスの大半の生徒に目撃されながら手渡された。

晴臣はその現場を見ることこそなかったが、よく知っている。

「俺も浮かれてたから、その日はクラスの連中にクッキー見せびらかして帰ってたんだよ。で、お前の家の前を通り過ぎたとき、あの兄貴に会った」

当時、清雅は大学生だった。大我も相手が晴臣の兄であることを知っていたので会釈はした。そのまま通り過ぎようとしたら呼び止められ、クッキーについて尋ねられたという。見せて、と言われて断り切れず、素直に手渡した次の瞬間。

「あの野郎、ラッピング破ってその場でクッキー全部食っちまいやがった」

「はっ？」

手にしたカップを取り落としそうになった。「兄がか？」と確認してしまったのは、晴臣が知る限り清雅は買い食いどころか立ち食いすらもしたことがなかったからだ。道路で小学生から菓子を奪ってその場で食べる姿が想像できなかった。

「俺だって驚いた。何が起こってるのかわからなくて、あいつがクッキー完食するまでその場で棒立ちだったぞ」

忌々し気に呟いて、大我はカップの残りを一息で飲み干す。それから深い溜息をつき、心底不思議そうに呟いた。

「それまでお前の兄貴とは口を利いた記憶もなかったんだが……。どうして急にあんなことしてきたんだろうな、あいつは」

晴臣の目が泳ぐ。思い当たる節なら、ないではない。大我がクラスの女子からもらったクッキーは、実は晴臣の家で作られたのだ。

大我にクッキーを渡したいという女子生徒を自宅に招いてクッキーを作っていると、清雅が「味見をさせてほしい」とねだってきた。大学の課題をこなす傍《かたわ》ら、晴臣たちがクッキーを作るのを見守ってくれる程度にはまだ仲が良かった頃の話である。

しかし焼き上げたクッキーは枚数が少なく、女子生徒は大我の他にも友達にクッキーをあげるそうで余分がなかった。食べられないと知って清雅は残念そうな顔をしていたが、だからといって道行く小学生から奪って食べるほどとは思わなかった。

言ってくれれば後から兄のためだけに作ったのにと思うが、最早時間は巻き戻せない。兄の凶行は半分晴臣のせいかもしれないが、それを口にすることもできなかった。あのクッキーを作るのに晴臣が協力したことは、女子生徒から強く口止めされていたからだ。

大我だって、バレンタインに手渡されたクッキーの製作過程に男の協力者がいたなんて知りたくはないだろう。ただでさえ不機嫌そうな顔をこれ以上歪《ゆが》ませるのもかわいそうだ。

「そんなに昔のことを未だに根に持っているのか？」

「そりゃそうだろ。バレンタインにもらってんだぞ。しかも俺は一口も食ってないのに」

苦り切った顔をする大我を見て、胸の奥が鈍く軋《きし》んだ。

バレンタインの後、大我と女子生徒がどうなったのか晴臣は知らない。もしかすると子供らしいおつき合いをしたのかもしれないし、中学が別々だったのでそれきり終わってしまった可能性もある。

どちらにしても、大我は未だに彼女のことが好きなのかもしれなかった。そうでもなければ、十年以上経った今も清雅に突っかかる理由がわからない。

大我にクッキーを渡した相手は――確か旧姓は立花《たちばな》だ――地元の大学を卒業し、二年前に結婚した。なぜ晴臣がそれを知っているかと言えば、晴臣の主宰するフラワーアレンジメント教室に立花が通っていたからだ。その縁で、晴臣も立花の結婚式に出席している。

その頃大我はもう東京にいたが、立花が結婚したことは知っているはずだ。式の途中、読み上げられた電報の中には大我の名前も紛《まぎ》れていた。

あのとき、不意打ちのように大我の名を耳にして立ち上がりそうになった。

一体どんな接点があって祝電など送ったのだろう。中学は別々。高校も大我は工業高校に進み、立花は女子大付属の高校へ進学したと新婦紹介で語られていた。学校が違えどおつき合いは続いていたのだろうか。はたまた、成人してから何か縁があったのか。

「立花とはその後、何かあったのか？　立花の式に祝電を送っていたようだが……」

まだ好きなのか？　と軽い調子で尋ねようとしたが、喉の奥に声がへばりついたようになって言葉にならなかった。咳払いをしていると、大我がからかい顔で晴臣の顔を覗き込んでくる。

「お前こそ、立花の結婚式のフラワーアレンジメント引き受けてやったんだって？」

「どうしてそんなことを知ってる」

「地元じゃ有名だぞ。紫藤のお坊ちゃんが一般人の式を全面的にプロデュースしたって」

「卓上花とブーケを見立てただけだ。本当にそんな噂が広まってるのか？」

「お前が思ってるより、地元の人間は紫藤の名前に目敏く反応するんだよ」

反論しようとして、質問をはぐらかされたことに気がついた。自分で尋ねたくせに、答えを聞かずに済んでほっとする。未だに好きだ、などと言われたら落ち込んだ顔を隠せない。

「にしても、兄をやり込めるという理由だけで部屋まで提供してくれるのはやり過ぎじゃないか？」

そうか？　と大我は肩を竦める。そうだろう、と詰め寄ると、困ったような顔をされた。

「お前とはガキの頃親しくしてたし、困ってたら助けてやらないと」

「それだけか？　本当にそれだけなのか？」

しつこく食い下がると、大我は若干口ごもってガリガリと後ろ頭を掻いた。

「まあ、あれだ……あとは、昔の礼、みたいな」

「なんの？」

晴臣は真顔で尋ねる。大我から礼をされるようなことをした記憶がない。

強いて言うなら給食の時間、大我の皿におかずを多く盛ったとか、夏休みの宿題を手伝ったとか。あとは中学時代、体操着を忘れたとぼやいていた大我に自分の体操着を押しつけたくらいしか思いつかない。どれも自分の好意の表れであって、大我に感謝されるいわれはない。

さんざん考え、晴臣ははっと顔を上げた。

「あれか？　高校のとき、一度だけうちの近所で会ったことがあったな？」

確か高校二年の夏休みだ。中学を卒業してからはほとんど顔を合わさなかった大我とばったり出くわしてひどく驚いたことを覚えている。

家の裏口から道路に出ようとしたら、目の前でスクーターが急停止してぎょっとした。誰かと思えばヘルメットをかぶった大我で、「匿《かくま》ってくれ！」と叫ばれとっさにスクーターごと裏庭に招き入れた。

後から聞いた話によると、大我はスクーターで二人乗りをしていたらしい。二人乗りが法律的に許されるのは、運転者が免許を取ってから一年以上経過している場合である。当時の大我は免許を取ったばかりで、パトカーに止められそうになって逃げていたという。目立つので同乗者は途中で下ろしたそうだ。

「あのときの礼か？　そうだな？」

心当たりといえばそれくらいしかない。納得顔の晴臣を眺《なが》め、大我は軽く目を細めた。

「……そうだよ、その礼だ」

「なるほど、義理堅い奴だな」

大我の善意につけ込むのは心苦しくもあったが、千載一遇のチャンスを見送る手もない。どうせ近々家族の誰かが迎えにくるだろうし、長く大我の厄介になることもないだろう。家族が迎えにこなくとも、大我が帰ってほしそうな様子を見せたらすぐに暇《いとま》を告げればいいだけの話だ。短い間だけでも、大我と一緒に暮らしてみたかった。

晴臣は姿勢を正すと、大我に向かって三つ指をついた。

「不束者《ふつつかもの》だが、よろしく頼む」

額が床に近づくまで深々と頭を下げると、大我が軽やかな声を立てて笑った。

「まるで新妻が嫁入りに来たみたいだな。新婚っぽい」

「新婚だろう」

きちんと冗談に聞こえるよう、声に笑いを含ませて応じた。不自然に聞こえなかっただろうかと内心どぎまぎして顔を上げれば、大我が面白がるような顔で唇の端を引き上げる。

「それじゃあ、お前の兄貴が来るまでに新婚っぽい雰囲気づくりに励むか」

予想外に乗ってきてくれた。どうやって、と尋ねれば笑いながら手招きされる。

「『距離感』ってお前の兄貴も言ってただろ。少なくとも、二人きりのときくらいもう少し近くにいた方がいいんじゃないか？」

側に来るよう促されおずおずと大我の隣に座れば、互いの腕が触れ合って目を回しそうになった。息を詰める晴臣の横顔を眺め、大我は肩を震わせて笑う。

「なんでそんなに緊張してんだ。いじめっ子の隣に来たわけでもあるまいし。ガキの頃だって、俺はお前のことといじめたりしなかっただろ？」

「わ、わかっているが」

学生時代、大我とこんなふうに体を寄せ合った記憶はない。登下校中に隣を歩くときでさえ、腕を振ってもぶつからない程度の距離は保っていた。

深呼吸をしたら吐き出す息が震えてしまった。咳払いでごまかしたが、さすがに不自然だったようで大我に笑われる。

「あんまり緊張されると本気で新妻みたいに見えてくる」

「男の俺が？」

笑い飛ばそうとしたら、大我が身を乗り出して視界に割り込んできた。

「兄貴が迎えにくるまでに俺に惚れたら、本当に結婚するか？」

笑顔でとんでもないことを言う。

なんて軽々しいプロポーズだ。こちらの気も知らないで。冗談なら冗談らしく適当な顔で言ってくれればいいものを、何やら慈愛に満ちた眼差しを向けてくるので窒息しそうになる。それとも自分の目が現実に都合よくフィルターをかけているだけか。これが大我の適当な顔なのか。

口も利けない晴臣に、大我はさらなる追い打ちをかけてきた。

「お試しの新婚生活だ。相手が俺でも悪くないと思ったらそう言ってくれ」

大我が片手を伸ばす。近づいてくる手に上半身をぐらつかせそうになりながらも、晴臣は無理やり口元に笑みを浮かべた。

「……冗談だな？」

大我がにっこりと笑う。指先が晴臣の前髪に触れて、軽く横に払われた。

「とりあえず、一緒に風呂でも入ってみるか」

「ふ……っ⁉」

ただでさえぐらぐらしていた体が仰け反って、そのまま後ろに倒れそうになった。とっさに背中を支えてくれた大我が声を立てて笑う。

「こういうのを冗談って言うんだ」

「な、ば……っ」

何を馬鹿な、と言いたかったが口が動かなかった。脱力して床に手をつくと、後ろ頭をぐしゃぐしゃと撫でられる。

「さすがに疲れただろ。夕飯どうする？　もう遅くなっちまったから、近くのコンビニで適当に見繕《みつくろ》ってきてやろうか？」

「……任せる」

了解、と返事をして、大我は身軽に立ち上がると部屋を出ていった。

玄関を出た大我の足音が聞こえなくなるのを待ち、晴臣は深々とした溜息を吐く。

大丈夫だ、わかっている、勘違いはしていない。大我はわかりやすい冗談を言って、晴臣を笑わせようとしてくれているに過ぎない。地元からここに来るまで、電車の中でほとんど口も利かずに俯いていた晴臣を案じてくれているのだろう。

しかし『お試しの新婚生活』という言葉はいけない。単に元同級生のアパートに避難してきただけなのに、なんとなくそういう気分になってしまうではないか。

現実はただの同居であり、晴臣は一時的な居候《いそうろう》だ。けれど、胸の内で思うだけなら許されるだろうか。大我とお試しで、今日から新婚生活を送るのだと。

晴臣は両手で顔を覆う。

魂まで抜けそうな深い溜息をつき、腹の底から幸せだ、と思った。

子供の頃から晴臣は花が好きだった。暇さえあれば見よう見まねで花を活け、庭の花や、床の間の生け花を眺めて一日の大半を過ごした。

あまり外では遊びたがらず、両親と兄にしか懐かない幼少時代を経て小学校に入学。内気な性格はそのままで、クラスではなかなか友達ができなかった。

家を出ても花に惹かれるのは相変わらずで、休み時間になるとひとりで校庭の花壇を眺めた。家で余った切り花を学校に持っていき、教室の花瓶に活けることもあった。

なかなか周囲に馴染まず花ばかり相手にしている晴臣を見かね、担任が晴臣を『お花係』に任命してくれたのは小学三年生のときだ。普段から教室の花瓶に花を活けているのは晴臣だとクラスメイトたちの前で明かし、「とっても綺麗ね」と褒めてくれた。

別段いじめられているわけでもないが、教室内で地蔵のように気配を消していた晴臣に他の生徒たちが目を向けるきっかけになれば、と担任は思ってくれたのだろう。皆の前で晴臣に「どうしてそんなに綺麗にお花を活けられるの？」と尋ねてきた。

晴臣は答えに窮した。どうしたら、と言われてもよくわからない。晴臣はただ、自分が綺麗だと思うように花瓶に花を挿しているだけだ。

理屈はわからないが、主役となる花を花瓶に挿すと、その背後に様々な色彩が渦巻くことはあった。それは花自身の訴えに見えなくもなく、だから晴臣は素直に話した。「花がそういうふうに活けてほしそうにしているので」と。

担任としても予想外の返答だったろう。子供たちはその答えを面白がった。悪い意味で。その日から、晴臣はクラスの男子に「ファンシーお花野郎」という不名誉なあだ名をつけられることになった。

進級してもあだ名は消えなかったし、晴臣も教室に花を活けることをやめなかった。むしろ周囲からの風当たりがきつくなるほど花に触れる時間が増えた。

自分の気持ちをストレートに外に出せない晴臣にとって、花を活けることは己を表現することに等しい。教室の花は日に日にその本数を増やし、それに比例して色や形から秩序が失われ、今にも花瓶から溢れてしまいそうになっていた。

ある朝、いつものように花を抱えて学校に向かっているとクラスメイトに囲まれた。

いつも誰より早く教室に到着して花を活けていたのに、こんな時間に通学路でクラスメイトと遭遇するのは初めてだ。四年生になりクラブ活動が始まったため、スポーツ系のクラブに入った生徒が朝練を始めたのだと理解したのは後のことだ。

男子生徒が三人ばかり、晴臣の行く手を阻《はば》むように立ちふさがる。

「お前、花の声が聞こえるんだろう？　なんて言ってるんだよ」

ひとりがニヤニヤと笑いながら晴臣の花に手を伸ばす。まだ開ききっていないつぼみを無遠慮に握り潰《つぶ》されそうになりとっさに身を引いた。その反応が面白くなかったのか、相手は顔を顰《しか》めて晴臣の肩を押す。ぐらりと体がよろけ、尻餅をつきそうになったところで誰かが背中を支えてくれた。振り向く間もなく、朝の空気に凛《りん》とした声が響き渡る。

「自分が花の名前もわかんねえからって紫藤に絡むなよ」

あの声を、晴臣は一生忘れないだろう。背後に立っていたのは、進級して同じクラスになったばかりの大我だった。

晴臣の行く手を阻んでいた三人は明らかにたじろいだ顔をした。大我はその頃から体が大きく、クラスでも中心的な存在だったからだ。

「な、なんだよ、格好つけ」

苦し紛れの悪態をつくクラスメイトにも、大我は眉ひとつ動かさない。

「お前こそ、紫藤が桃子《ももこ》先生に褒められたのが気に入らないんだろ。悔しかったらお前も花でも摘んできて先生にプレゼントしたらいいだろ」

「ば、ばばば、馬鹿野郎、違うわい！」

桃子先生は当時の担任で、まだ年若い女性教師だ。クラスメイトは一瞬で額まで赤くすると、大我と晴臣を悪し様に罵《ののし》ってその場から駆けていった。残りの二人もそれに続く。

その場に残された晴臣は恐る恐る大我を見上げる。当時はまだ大我と親しく口を利いたこともなかった。大我の大きな体と、子供ながらに精悍《せいかん》な顔つきが少し怖いと思っていた頃でもある。

大我は晴臣の背を支えていた手を離すと、何も言わずに歩き出す。目的地が一緒なので必然的に並んで歩くことになった。花を抱きしめたまま横を窺うと、同時に大我もこちらを向く。とっさに視線を逸らした晴臣とは違い、大我は晴臣の横顔を見たまま口を開いた。

「俺の家、工場なんだ」

とっさに反応できなかったが、ぴくりと肩先が震えたのが返事の代わりになったらしい。

「金属加工工場。金属を切り出したり、折ったり曲げたりしてる。あと旋盤《せんばん》使ったり。旋盤って知ってる？」

「し、知らない……」

「金属を切ったり削ったりして加工する機械。工場でも使える人の方が少ないけど」

学校から帰ると、大我はときどき工場の仕事を手伝うそうだ。と言ってもゴミ捨てにいったり掃除をしたり、子供にも危なくない程度の軽作業がほとんどだが、そうしているとたまに工員が声をかけてくれるらしい。

学校へ向かう道すがら、大我は熟練工から聞いた話を教えてくれた。

「ボトルをハンマーで一度叩くと、それでコンマ何ミリずれたかわかるんだって。凄いって言ったら、凄くないって言われた。十年もハンマーと金属に触ってれば誰でもできるって」

そんなことが本当に誰にでもできるのだろうか。到底信じられない気分でいたら、「お前もだろ」と大我に言われた。

「紫藤もちっちゃいときから花に触ってるから、なんとなくわかるんだろ。花がどういうふうに活けてもらいたがってるか」

そう語る大我の顔にからかうような色はなかった。他のクラスメイトは「変だ」「おかしい」と嘲笑《あざわら》ったのに。

思わず足を止めた晴臣に気づいて、大我も立ち止まる。振り返り、晴臣の目をまっすぐに見て言った。

「変じゃないよ」

両腕で抱えた花の向こうから、大我が自分を見ている。

次の瞬間、それまで息を潜《ひそ》めて沈黙していた花たちが、腕の中で一斉に咲き乱れた。

甘やかな花の匂いに息が詰まりそうになる。急に心臓がどきどきと落ち着かなくなって、なす術《すべ》もなく花の中に顔を埋めた。泣き出したとでも思ったのか、大我が慌てて駆け寄ってくる。

そんな些細《ささい》な一言がきっかけで、晴臣は大我に傾倒することになった。

その日を境に急激に親しくなったわけではないが、早朝に花を抱えて歩いていると大我が声をかけてくれるようになった。教室で晴臣がクラスメイトからちょっかいをかけられていたりすると、すぐさま間に入ってくれる。

格好つけ、と男子生徒は悪態をついたが大我はまるで意に介さず、子供心にもその堂々とした姿に惹かれた。給食の時間、大我の分はこっそり多めに盛りつけるようになったのはその頃からで、教室の花瓶には淡く柔らかな色合いの花が活けられるようになった。

大我に密かな想いを寄せていた小学校時代、幸運にも四年から六年までの三年間を同じクラスで過ごすことができた。友達だけれど親友ではない、つかず離れずの関係を保ちながら迎えた最終学年。

クラスメイトの立花に声をかけられたのは、卒業までもう何ヶ月もない年明けのことだ。

「紫藤君ってお花に詳しいよね？　食べられるお花とか、知らない？」

立花とは同じ委員会に入っていて、何度か言葉を交わした仲だった。前置きのない質問に何かと思えば、バレンタインに花で飾ったアイシングクッキーを作りたいのだという。

食用の花は確かにあるが、自分が知っているのはあくまで活ける花だ。よく知らない、と話を切り上げるつもりが、大我の名前が出てきて声が途切れた。

「実は、山内君にチョコクッキーあげようと思うんだよね」

照れたように笑う立花を見て、胸の奥がずんと重たくなったのを覚えている。

バレンタインに菓子を渡すのは、相手に好意を示すのと同義だ。異性から贈るそれは、往々にして恋愛的な意味が含まれる。当然、立花もそのつもりで大我にクッキーを贈るのだろう。

大我は立花のクッキーを受け取るだろうか。立花とつき合ったりするのだろうか。喜ぶだろうか。もしかすると、それをきっかけに立花とつき合ったりするのだろうか。小学生の晴臣には、つき合う、ということがどういうことを指すのか上手く想像できなかったが、それでも素直に、いいな、と思った。

三年間も大我への想いをひた隠しにしてきた晴臣には、そうやって想いを伝えられることが羨《うらや》ましかった。自分だって、できることなら大我に何か渡したい。

けれど男が男にバレンタインプレゼントを渡したところで、受け取ってすらもらえないだろう。

一度は諦《あきら》めたが、立花を見てふと思った。自分の名前で大我に何か渡すことはできないが、立花を手伝うことで間接的に贈ったことにならないだろうかと。

たとえばアイシングクッキーの上に載せる花を自分が用意すれば、そしてそれを大我が食べてくれたら、半分くらいは本懐を遂げられる気がする。

俄然やる気が湧いてきて、晴臣は立花のクッキー作りを全面的に手伝うことになった。

すぐ両親に頼み込んで食用の花を卸《おろ》してくれる花屋を紹介してもらい、正月に親戚からもらったお年玉で食用の菫《すみれ》の花を買った。さらに家にオーブンがないという立花を自宅に招いて調理も手伝った。一緒に包装紙も買いにいった。

焼き上げたチョコクッキーのうち、特別上手く焼けた数枚に砂糖衣を塗って菫を載せる。冷やして固めたそれを一枚ずつ丁寧に袋に入れた。用意したのは淡い水色の袋と濃紺のリボン、それから掌《てのひら》に乗るくらい小さな造花だ。

「お花のことだったら紫藤君、お願い」と立花に頼まれ、ラッピングは晴臣がした。造花は白いガーベラで、精一杯、心を込めてリボンを結んだことを覚えている。

その後、立花は大我にクッキーを手渡した。大我がどんな顔でそれを受け取ったのかは知らないが、一ヶ月後のホワイトデー、大我は立花にキャンディを返した。晴臣がそれを知っているのは、立花が晴臣にもキャンディを分けてくれたからだ。

「紫藤君もクッキー作るの手伝ってくれたから、半分あげる」

そう言って、立花は半分だけキャンディを取ると残りは包装紙ごと晴臣に手渡してきた。

自分なら好きな相手からもらったものは欠片も手放したくないものだが、立花は違うのかと驚いた。あるいはもう大我とつき合っていて、普段からずっと一緒にいられるから大我からもらったものなど大事にとっておく必要もないのかもしれない。

大我から贈られたキャンディは、黄色い袋にオレンジのリボンが結ばれていた。リボンの下には白い造花が添えられている。もらったラッピングをそのまま真似たような雰囲気だ。

造花はポピーを模していた。晴臣は造花にリボンを結びつけ、万が一にも誰かに見咎《みとが》められることがないようにと、わざわざ端切《はぎ》れを買って手製の巾着を作り、お守り袋のようなその中に保管した。

いつか手放そう、と思っていた。中学を卒業して大我と離れ離れになったら。高校を卒業して大我を忘れられたら。大学を卒業して、学生時代の日々が思い出に変えられたら。

節目はいくらでもあったのに、結局晴臣は小さな巾着に入った造花を手放せなかった。それどころか家を出るとき、真っ先に持ち出したのがこの袋だ。

古ぼけたポピーの造花は今、その贈り主である大我のアパートでひっそりと花開いている。


一夜明け、晴臣が唯一自宅から持ち出した防災リュックを検分した二人は顔を見合わせた。

懐中電灯や缶詰など災害時に必要なものを除けば、使えそうなのは真新しい下着が数枚と歯ブラシ、三万円の現金のみだ。残念ながら服は入っていない。まずはリュックに入っていた三万円で身の回りのものを買い揃えるのが先決だろう。

日曜で休みだった大我が、早速近所のショッピングモールへ連れて行ってくれた。

「とりあえず、服を買うか」

昨日と同じ着物を着た晴臣を見下ろし、大我は真っ先に衣料品店へ向かった。晴臣もよく知る大手ファストファッション店だ。ジーンズにセーター、シャツなどを数枚買えばすぐ一万円が飛んでいく。早速手持ちが三分の二になったが、晴臣はけろりとしたものだ。

「安いものだな。一万円でこんなにたくさん服が買えるのか」

「まさかこういう店に来るの初めてか？」

「普段は呉服屋が家まで来てくれる」

「相変わらず住む世界が違うな」

大我が呆れたような顔で笑う。普通だ、と言い張ってみたが聞き入れてもらえない。

服を買った後は日用雑貨を見にいった。ほとんど自炊をしないという大我の部屋にはろくな食器がなく、せめてコップや箸くらいは買っておこうと売り場を見て回る。

途中、夫婦《めおと》茶碗の前で足を止めた。

揃いの茶碗に胸がときめく。冗談とはいえお試しの新婚生活中だ。買ってしまおうか、と指を伸ばしかけたが慌てて引っ込める。さすがに調子に乗り過ぎだ。

どちらにせよ、晴臣が見ていた有田焼の茶碗はセットで二万円を超えており予算オーバーだったのだが、値札を見て買い物をするという習慣のない晴臣は知る由もない。

次に手に取ったのは黒檀の箸だ。実家で使っている箸に似ている。これにしようかと決めかけたところで、大我がその隣にあった箸を手に取った。

「俺もそろそろ新しい箸買おうかな」

そう言ってしげしげと眺めているのは、持ち手に桜の模様が描かれた木箸だ。晴臣が手にした箸の十分の一ほどの値段である。晴臣はおもむろに黒檀の箸を戻すと、自分も同じ箸を持った。

「……いいな、これ。使いやすそうで」

「お、お前もこれにするか？　じゃあ俺は持つところが紺色のやつにしよう」

「だったら俺は、緑にするが」

いいのか、と伺うように大我を見上げる。いい年をしてお揃いなんて嫌がられるだろうか。でも夫婦茶碗を買えなかった分、せめて小物だけでも大我と同じものを使いたい。

大我はかちかちと箸の先を合わせながら、いいな、と笑った。

「夫婦箸みたいだ」

意外にも、大我は冗談を長く継続させるタイプらしい。晴臣が呑み込んだ言葉をあっさりと口にされて盛大に口元が緩みそうになったが、なんとかこらえてそっぽを向く。

「まあ、一応、夫婦だからな」

硬い口調で冗談に乗ると、大我も「お試し期間中だけどな」と混ぜ返してきた。些細な軽口が嬉しくて、晴臣は大我に見えないよう俯いて唇を緩ませた。

こまごまとした買い物を済ませた後はフードコートで昼食をとった。物珍しく辺りを見回していると、大我がバーガーショップで昼食を買ってきてくれる。

「まさかハンバーガーも食べたことない、なんて言わないよな？」

「馬鹿にするな。ハンバーガーくらいさすがに食べてる。だが、こういう店は初めてだ」

「フードコートのことか？」

「ああ。小さい店がたくさん並んでいて、縁日みたいで面白い。飲食店だけじゃなく、他の店もそうだったな。ここはショッピングモールと言うんだろう？　デパートのようなものかと思っていたが、大分違うな」

向かいで大我が苦笑したが、アミューズメントパークを見回すような顔で周囲を眺める晴臣は気づかない。

一日がかりで買い物を終えていったんアパートに帰ると、夜は大我お勧めのラーメン店へ連れて行ってもらった。

券売機を興味深げに眺める晴臣を見て、「お前は本当に見てて飽きないわ」と大我は笑い、手本を見せるように先に券を買ってみせた。

熟考の末、晴臣は店で一番高価なチャーシュー麵を頼んだ。カウンター越しに店員へ券を手渡し、「千円でラーメンが食べられるのか」と感心して呟く。嫌味ではない。普段晴臣がラーメンを食べる店といえば有名中華飯店で、ふかひれが入っているのが普通だった。

出てきたラーメンには麵を隠すほど大量のチャーシューが載っていて、美味《うま》かったがいかんせん量が多い。肉の脂身にもやられてしまって、結局チャーシューの半分は大我に譲った。素ラーメンを食べていた大我は「役得」と笑ってぺろりとチャーシューを平らげた。

ラーメンの湯気を透かして大我の横顔を眺めていたら、視線に気づいた大我が油で光る唇を弓形にした。

「明日の朝は何食う？」

明日の朝も、目覚めて最初に目にするのは大我の顔だ。学生の頃はどんなに早くとも大我と顔を合わせるのは登校時間だったし、日が落ちればそれぞれ自宅に帰らなければならなかったのに、今は夜を越えて一緒にいられる。

そう思うと晴臣は、まだ眠る前から夢を見ているような不思議な心地になるのだった。


見慣れた木目の天井とは違う、白い天井に驚いて目を覚ます。さらに視線を巡らせ、ベッドの下で寝袋にくるまって眠る大我を見て二度驚く。

大我の部屋にやって来て三日が経っても、まだ寝起きは少し混乱する。大我の寝顔に目を奪われ、しばらく布団から出られないのも毎朝のことだ。

現状を整理して布団を出ると、昨日買ったばかりのジーンズとセーターに袖を通した。物音で目を覚ましたのか大我も起きてきて、洋服姿の晴臣を見て眩《まぶ》しそうに目を細める。

「おー、お前がラフな格好してるのも新鮮だな」

「そうか？　学生の頃は普通に洋服を着ていたが」

「いやぁ……洋服姿が珍しいというより、一般庶民みたいな格好をしてるのが珍しい」

「みたいも何も、俺は一般庶民だぞ」

大我は軽く笑っただけでそれ以上言及しない。

軽くトーストした食パンにハムとチーズを挟んだ簡単な朝食をとると、大我も出勤の支度をした。作業着らしき濃紺のズボンに揃いのジャンパーを着て、上からダウンジャケットを羽織る。この服装から察するに、上京後も町工場のようなところで働いているらしい。

「そうだ、忘れてたけどこれ」

家を出る前、大我が思い出したようにアパートの鍵を手渡してきた。

「この部屋のスペアキー。出かけるときは使ってくれ」

「いいのか？」

「いいよ。無きゃ外にも出られないだろ。家の中は好きに使ってくれ。机の中だけは通帳とかなくすと困るもんが入ってるからあんまり開けないでほしいけど、他はどこ触ってもいいぞ。見られて困るものもないし」

玄関先で靴を履く大我の背中を見下ろし、晴臣は手の中の鍵を握りしめる。

「本当か？　何かこう……お前の物じゃなく、彼女の物とか、あったりしないか？」

一見したところ大我の部屋はいかにも男のひとり暮らしといった風情だが、痕跡がないだけで彼女がいる可能性は否定できない。息を詰めて返答を待っていると、呆れ顔で振り返られた。

「そんなもんいたらお前と新婚生活送ってないだろ」

「……っ、そ、そうか」

声が弾んでしまわぬよう、普段より低い声で応じた。大我に恋人がいないことにもほっとしたが、新婚生活という言葉もくすぐったくて心が浮ついてしまう。必死で平常心を保っていたら、「そうだ」と大我が体をこちらに向けた。

「もうひとつ提案しようと思ってたんだが、晴臣って呼んでいいか」

突然下の名を呼ばれ、ぴっと晴臣の背筋が伸びる。

学生時代、大我はずっと晴臣を名字で呼んだ。先日再会したときも、第一声は「紫藤？」だったはずだ。なぜ今更と目を瞬かせていると、大我が不敵に笑った。

「下の名前で呼び合ってないと、またお前の兄貴に知人同士じゃないかって疑われるだろ？　どうせやるならとことんやってやろうぜ。お前も俺のこと下の名前で呼べよ」

げに食べ物の恨みは恐ろしい。清雅を動揺させるためならそこまでするのか。

それともあのクッキーを作ったのが立花だから、こんなにもまだ拘泥《こうでい》しているのか。

ちくりと胸が痛んだが、今は大我を下の名で呼べるか否かの瀬戸際である。動揺を押し隠し、なるべくなんでもない表情を装って頷いた。

「わかった、大我。……これでいいか？」

大我は悪だくみが成功したような顔で「上出来」と笑う。晴臣も同じように笑い返してやりながら、内心甘酸っぱい気恥ずかしさにもんどりうっていた。

互いの名前を呼び合うことがこんなにも恥ずかしいものだとは思わなかった。嬉しいは嬉しいのだが、くすぐったくてじっとしていられない。その場で飛び跳ねてしまいたくなるのをぐっとこらえ、何食わぬ顔できつく腕を組む。

「そろそろ行かなくていいのか？」

「お、そうだった。それじゃ行ってくる」

むずむずする口元を隠して「気をつけろよ」と声をかけると、大我がドアノブから手を離してこちらに体を寄せてきた。忘れ物かと思いきや、人差し指で自分の頰を指さしてみせる。

「行ってらっしゃいのキスは？」

晴臣は腕を組んだまま目を見開く。今度こそ声が出なかった。身を屈めた大我の顔はすぐそこにある。晴臣が軽く背伸びをすれば、頰に唇を寄せるのは簡単だ。

いいのか⁉　と叫びそうになった。

いや、いいわけがない、冗談だ。それでも動けなかった。やるか、駄目だ、でも今なら、と堂々巡りをしているうちに、大我がぶはっと噴き出した。

「冗談だよ、本気で困った顔すんな」

大きな手が伸びてきて、ぐしゃぐしゃと晴臣の頭を撫でる。体がぐらついて、「困ってない」と返事をするより先に大我は家を出ていってしまう。

玄関の扉が閉まると、大我に撫で回されて乱れた髪がはらりと一筋額に落ちた。

晴臣はしばらくその場で棒立ちになっていたが、ややあってからずるずると玄関先にしゃがみ込む。膝の間に顔を埋め、大我の手で乱された髪をさらに乱暴に搔き乱した。

喉の奥から漏れたのは苦悶の声だ。キスを求められて困っている、と大我に勘違いされたことも悔やまれたし、とっさにキスができなかった自分にも失望した。

今のはどう考えてもやっておくべきだった。冗談に乗じてやってしまえば男同士でも笑い飛ばしてもらえたかもしれないのに。

唸りながら髪を掻きむしっていた晴臣は、顔を上げるなり胡乱《うろん》な目で呟いた。

次はやる、絶対やる、と。


出がけにひと悶着あったものの、大我が仕事に出てしまうと室内は静まり返り、特にやることもなくなってしまった。ローテーブルに肘をつき、テレビのチャンネルを意味もなく変える。

大学を卒業した後、晴臣はどこに就職することもなく家に入った。一見無職だが、一応肩書は華道家だ。主な仕事はカルチャーセンターや自宅の華道教室で生け花を教えること、兄が大きな会場で花を活けるときのサポートをすることだ。たまに個人宅に招かれて花を活けることもある。手が空くと自宅で花を活けて過ごした。基本的に花ばかりだ。

晴臣が担当していた華道教室は、今頃父のお弟子さんが代わりを務めてくれているだろう。他の仕事も概《おおむ》ねそれで事足りるし、家族が焦って自分を連れ戻しに来ることはなさそうだ。

大我は昨日のうちに防災リュックの中から家族全員のアドレスが書かれたアドレス帳を発見して、清雅にアパートの住所を送ったらしいが特に返信はないらしい。晴臣が自ら帰るのを待つ構えか。それとも大我が仕事に出た隙を狙って迎えにくるつもりか。

あり得る話だと思い至り、晴臣は防災リュックの中から財布を取り出す。兄に捕まらぬよう外に出ようとして、リュックに入れていたお守り袋に目を止めた。

大我は意外と無頓着に人のリュックの中に手を突っ込んでくる。歯ブラシがない、タオルがない、下着がないと晴臣が部屋の中を捜し回っていると「またリュックに入ってるんじゃねぇか？」

と中を覗き込んでくるのだ。今のところ造花の入ったこの袋に手をかけた様子はないが、うっかり中を覗かれても困る。

大我の部屋の中に勝手に隠しておくことはできないし、できれば肌身離さず身につけておきたい。首からぶら下げておくのが一番安全だが、リュックの中に紐などあっただろうか。

ごそごそと底の方を探ってみるとホイッスルが出てきた。災害時、どこかに閉じ込められたりした際に鳴らすものだ。ホイッスルは首から下げられるよう紐がついている。晴臣は紐からホイッスルを外すと、巾着の紐とそれをしっかり結びつけて首に下げた。

大我から借りたブルゾンを羽織って外に出る。アパートの周辺は小ぢんまりとした家が並ぶ住宅街だった。最寄《もよ》り駅までは徒歩で十五分ほど。うろうろと歩き回っていると、住宅街の中にポツンと紛れ込んだ喫茶店や豆腐屋を発見する。

駅前は少し賑やかで、コンビニやファストフード店がちらほら並ぶ。近くには大きなスーパーもあるようだ。

昼は適当に外で食べるよう大我から言いつけられていた晴臣はレストランを探す。土地勘がないので当てもなく歩き続けていると、見慣れたスーパーが目に飛び込んできた。晴臣たち家族がよく利用する店だ。

これといったレストランも見つけられないし、何か買って帰ろうか。万が一兄が訪ねてきたら居留守でも使えばいい。どうせなら食材を買って料理を作ろうと思いついた。ついでに夕飯の支度もしておこう。日中はやることもないのだから、せめて食事の支度ぐらいしておきたい。

いそいそと店に入っていく晴臣は、家族がよく利用しているその店が高級食材を扱うセレブ向けのスーパーであることを知らない。野菜は近くの商店街で買うより二倍高く、肉に至っては三倍もの差がつくことなど、知る由もないのだった。


大我がアパートに帰ってきたのは、夜の七時より少し前だった。

出勤前に大我が干していった洗濯物を慣れない手つきで畳んでいた晴臣は、玄関の鍵を開ける音を聞きつけるなり立ち上がって玄関へ向かった。

晴臣の足音に気がついたのか、靴を脱いでいた大我が顔を上げる。「お帰り」と声をかけると、大我は中途半端に靴を脱いだまま目尻を下げて笑った。

「こうやって出迎えてもらえると新婚っぽくていいな」

「そ――うだな」

うっかり声を詰まらせそうになった。なかなか冗談に慣れない。何度でも嬉しくなってしまう。

大我は靴を脱ぎ終えると、玄関を上がって晴臣に両手を差し伸べた。

「ハグでもするか？」

ハグ、と口の中で呟き、一拍置いてからそれが英語であることに気づいた。抱擁のことか。

晴臣は目を見開く。今ここで「うん」と言えば、両腕を広げた大我の胸に飛び込んでも構わないということか。大我も抱き止めてくれるということか？

真顔で考えていたら、大我が小さく噴き出した。

「冗談だよ。そんなに驚くな」

腕を下ろして晴臣の横をすり抜ける。晴臣は能面のような無表情でその後ろ姿を見送り、布に水が染み込むようにじわじわと悔恨の表情を浮かべた。

次に新婚ジョークが飛んできたら絶対に乗るつもりでいたのに。朝の誓いを忘れてスルーしてしまった自分に歯噛みした。本気でぎりぎりと奥歯を鳴らしていたら、廊下の途中にあるキッチンで大我が歓声を上げる。

「もしかして、夕飯の用意しておいてくれたのか？」

台所のコンロを覗き込み、大我が満面の笑みでこちらを振り返る。子供のように屈託のない笑顔に胸を撃ち抜かれ、軽くよろけながら晴臣もキッチンに歩み寄った。

「一応、居候をさせてもらっている身だからな。せめてこれくらい……」

「いやぁ、帰ってくるときどっかから味噌汁の匂いがしたから、いいなぁとは思ってたんだよ。まさか匂いの出どころがうちだったとは」

足取りも軽く奥の部屋へ入っていく大我を晴臣は憂い顔で見遣《みや》る。あまり喜ばれると申し訳ない。溜息をつきつつ配膳を済ませ、いそいそとテーブルについた大我の顔色を窺った。

「残念ながら、あまり上手くいかなかったんだが」

テーブルの上に並んだのは、白米と味噌汁と青菜のお浸し、魚の粕漬に玉子焼きだ。

最初の三つはともかく、魚と玉子焼きは自分でも酷《ひど》い出来だと思った。魚は盛大に焦がしてしまったし、玉子焼きは最早その体裁を保っていない。焦げの混じった炒り卵だ。

悄然《しょうぜん》と肩を落とす晴臣を見て、大我はおかしそうに笑う。

「もしかして、普段はあんまり料理とかしないか？」

「まあ……それもあるが、火の扱いに慣れていなくて」

晴臣の自宅はＩＨクッキングヒーターだ。グリルにはタイマーもついている。つまみを捻《ひね》って火加減を調節し、魚の焼き具合を確認しながら他の調理をするのは思った以上に難しかった。

「でもこれだけ作れりゃ大したもんだ。俺なんか上京してからまともに自炊したことないぞ」

いただきます、と手を合わせ、大我は嬉しそうに味噌汁を口に含む。

そわそわとその横顔を見守っていると、大我が軽く目を瞠った。

「……美味い」

「そ、そうか。よかった」

ほっと胸を撫で下ろした晴臣に目を向け、大我は真顔で「美味い」と繰り返す。

「褒められても、これ以上は何も出ないぞ」

「いや、そうじゃなくマジで美味い。なんだこれ……？　おい、中に入ってるのなんだ？」

「具か？　ハマグリだ」

「はま……っ」

大我の持つ椀の中で、ハマグリの味噌汁がちゃぷんと揺れる。愕然とした顔で「豪勢だな？」と言われてしまったが、晴臣にとってはアサリやシジミと同じく一般的な食材だ。

「まさかお前……この粕漬は？」

「鯛だ」

ぐう、と低く呻《うめ》いてから、大我は強張《こわば》った顔で「どこで買った？」と尋ねてきた。駅前のスーパーの名前を出せば、本気で頭を抱えられてしまう。

「あの店で普通に買い物する客って本当にいたんだな……。どういうエンゲル係数だよ」

大我が何に衝撃を受けているのかわからず、晴臣はおろおろと大我の顔を覗き込む。

「なんだ、あの店には悪い評判でもあったのか？　すまない、地元の店は質のいいものしか置いてなかったんだが、こっちは違うのか。それとも料理が口に合わなかったか？」

「いや……、そういうことじゃなく」

大我は難しい顔で言葉を探していたが、心配顔の晴臣と料理を見て、肩から力が抜けたように笑った。

「美味いよ。ありがとう」

優しい笑みに目を奪われ、それ以上の追及を忘れた。鯛の粕漬に箸をつけた大我が驚愕の表情で「マジで美味いな」と呟くのが解せなかったが、口に合ったのなら何よりだ。

「でもお前、金足りてるか？　苦しかったら無理しなくていいんだぞ」

あらかた食事を食べ終えた頃、大我が気遣わし気に尋ねてきた。

「お前、カードも携帯も家に置いてきちまったんだろ？　リュックに入ってた金がなくなったらどうするんだ」

「まだ何枚か紙幣が残っていたはずだから大丈夫だろう」

「お前の使い方だとあっという間に財布が空になるぞ」

「そうだな、そうなったら一応報告する」

晴臣の金銭感覚は緩い。基本的に買い物はカードでするし、自分の貯金残高がどれくらいなのかもよく理解していないくらいだ。華道教室の講師代が月々振り込まれているので結構な額になっているはずだが、あまり興味もないので確認はしていなかった。

危機感もなく食事を続ける晴臣を見て大我は肩を竦める。

「あんまり無駄遣いするなよ」

晴臣は大人しく頷いてみたものの、何をもってして無駄というのかもよくわからない。出費を抑えるつもりで高級スーパーで買い物をしたことが、まさか無駄な出費扱いされているなど、露ほども理解していないのだった。


無駄な出費を抑えるよう大我から助言された晴臣だったが、だからと言って特別行動は変わらなかった。実家にいた頃と同じようなものを食べ、同じように生活する。

実家からも特に音沙汰がないまま、大我の部屋に転がり込んで一週間が経とうとしていた金曜の夜。珍しく七時を過ぎても大我が帰ってこず、晴臣はひとり難しい顔で財布の中を覗き込んでいた。助言も空しく、当初三万円が入っていた財布が空になっていたからだ。

おかしいな、と晴臣は首を捻る。一応大我の言葉を聞きとめ、無用な出費はしないように気をつけていたつもりだったのだが。レシートを取っておく習慣もない晴臣は、自分がこの一週間に何を買ったかすら上手く思い出すことができない。

財布を覗いて首を傾げていると、玄関の鍵が開く音がした。大我だ。晴臣はいったん財布を脇に置き、玄関先まで大我を出迎える。

「おかえり」

ドアが開くなり声をかけると、その向こうから顔を覗かせた大我が「ただいま」と笑った。外は寒かったらしく鼻の頭が赤い。がさがさ音がすると思ったら、片手に大きな買い物袋をぶら下げている。もう一方の手に持っているのは外の郵便受けからとってきたのだろうダイレクトメールやピザ屋のチラシだ。

「何か買ってきたのか?」

「ああ、ちょっとした日用品をな」

大我は後ろ手で鍵を閉め、重たげに膨らんだ袋を玄関先に置く。ついでのように手にしていたチラシ類をざっと眺め、突如「うぇ!?」と素《す》っ頓狂《とんきよう》な声を上げた。

「なんだ、どうした?」

「いや、ちょっと……」

言葉を濁した大我が見ていたのは、ガスや電気の使用量の明細だ。見せてくれ、と手を差し出すと、迷うように沈黙された。それでも晴臣が手を出し続けると、観念したように明細を渡してくる。

電気の明細には先月の領収金額と今月の支払予定金額が明記されていた。二つを見比べて目を瞠る。金額が二倍どころか、三倍に跳ね上がっていた。慌ててガスの明細にも目を走らせるがこちらも同じだ。

晴臣は強張った顔で大我を見上げる。

「……俺のせいか？」

大我はすぐに「違う」と否定する。けれどその返事があまりにも素早いから、晴臣には大我が嘘をついているのがわかってしまう。

靴を脱ぎ、買い物袋を持って部屋の奥へ行こうとする大我へとっさに手を伸ばした。上着の裾を摑むと、大した力ではなかったはずなのに大我の歩みが止まる。

「ちゃんと教えてくれ。俺のせいなんだろう？」

「いや、だから……」

「大我、頼む。俺にはわからないんだ」

どうしてこんなに光熱費が上がってしまったのかわからない。実家にいた頃は光熱費を確認したこともなかった。大我のもとに届いた請求金額が適正なのかどうかすらわからない。

名前を呼んで懇願すると、大我が小さな溜息をついた。振り返り「本当にお前のせいじゃないからな？」と釘を刺してから奥の部屋へと晴臣を連れていく。

ローテーブルの前に座ると、晴臣は身を乗り出して大我に尋ねた。

「光熱費が上がったのは、やっぱり俺のせいなんだな？　俺の過ごし方はおかしいのか？　普通の生活を教えてくれ、お前はどうやって過ごしてる？」

「どうって……朝起きて、仕事に行って、帰ってきたら寝るだけだろ。今と同じだ」

「同じだったら光熱費は上がらない。俺が来てから何か変化した部分があるんだろう」

食い下がれば、大我も観念したのか頷いた。

「まあ、一番変わったのは自炊してることだろうな。これまではガスコンロなんてほとんど使わなかったから」

「それでガス代が高くなったのか」

「あと、毎日風呂にも入ってるし」

「お前は毎日入ってなかったのか⁉」

「違う、違う違う、落ち着け。これまではシャワーで済ませてたんだよ。湯を張ってなかった」

「なんだ、そういう意味か……。だったら電気代は？」

「そりゃ、日中お前が部屋にいるんだから電気代が上がるのは当然だろ」

これまでは部屋が無人になる時間の方が長かったのだと大我は説明する。朝の慌ただしい時間は暖房をつけることもせず家を出たし、帰ってからもコンビニで買った弁当を食べてシャワーを浴びたらすぐ寝てしまう。基本的にエアコンは使っていなかったらしい。

晴臣はローテーブルの上の明細書に目を落とす。晴臣がこの部屋で過ごしたのはたった一週間。それでここまで金額が変わるということは、自分は相当光熱費を浪費していたということだ。

「……何か節約する方法はないだろうか」

「節約ったって……」

「なんでもいい、お前の知っている知識を教えてくれ」

「俺だって節約なんてしたことねぇぞ。でも……そうだな、実家では、保温の利くポットにお湯を入れてたかな」

「それをすると何が起こるんだ？」

「何ってお前……使うたびにお湯を沸かすより手間もガスもかからなくていいだろ。使いきれなかったお湯が無駄にならないし」

晴臣は愕然とする。大我がいない間、晴臣はよく湯を沸かして緑茶など飲んでいたが、やかんで沸かした湯が余ると頓着せず流しに捨てていた。再沸騰すると水の味が変わるからだ。

「あとは風呂の残り湯を洗濯に使うとか……。まあ、こんなの節約とも言えない……」

大我が中途半端に言葉を切る。晴臣の青ざめた顔に気づいたらしい。

晴臣には、風呂の残り湯を何かに使うという発想すらなかった。実家でそのようなことをしている現場を見たことがなかったからだ。

己の無知を思い知り、晴臣は両手で顔を覆うと悔恨の滲む溜息をついた。

「俺はそんなことも知らず暖房の利いた部屋でぬくぬくと過ごしていたのか。恥じ入るばかりだ。本当に申し訳ない……！」

「大げさだな。お前が申し訳なく思う必要はないだろ」

大我は笑っているが、晴臣は顔を上げることすらできない。今になって実家を出る直前に兄が口にした『お前のような町工場の小倅にうちの弟を養えるとは思えんがな！』という言葉を正しく理解した。兄は晴臣がどれほど経済観念に疎いのかわかっていたのだ。

両手で顔を覆っていた晴臣は、その手を下ろすときっちり正座をして大我に体を向けた。

「頼む、一般的な経済観念を教えてくれ」

大我に向かって深く頭を下げると、「わかったから顔上げろ」と背を叩かれた。

あくまでも自分がひとり暮らしをしていた頃の基準だと前置きしてから、大我は丁寧に一般的な家計の支出を教えてくれた。光熱費や交際費はかなり抑えられている。それに比べると意外に通信費が高いことに驚くが、携帯電話は今や現代人の必須ツールだ。幸か不幸か、晴臣は実家に携帯電話を置いてきてしまったので通信費は現状を維持できる。

驚いたのは食費だ。月に二万円程度と聞いたときは声を失った。二万など、家族で外食をすれば一度で軽く飛んでいく金額である。それで一ヶ月過ごすのか。

「俺の場合は相当切り詰めてたからってのもあるし、何よりひとり暮らしでこの金額だからな？」

「そ、そうか、でも……」

それほど切り詰めなければいけないものなのか、と晴臣は打ちのめされる。だが大我はこれまでそうやって生活してきたのだ。一緒に暮らすのならばそれに倣《なら》う他ない。

今更のように、この一週間何することなく過ごすばかりで光熱費を無駄に使ってしまったことが悔やまれた。自責の念に駆られて呻いていると、下げた頭を撫でられた。

「甲斐性《かいしょう》のない旦那で悪いな」

いつもより優しい手つきで晴臣の頭を撫で、冗談めかして大我は言う。こちらの気持ちを少しでも軽くしようとしてくれているのだ。

「俺こそ……内助の功が足りなかった。……すまん」

せめて冗談で返そうと妻らしいセリフを口にすると、大我の顔に満面の笑みが浮かんだ。

「お互い新婚だから仕方ない。夫婦なんて所詮他人同士だからな。こうやってお互いの生活を擦り合わせてくしかないだろ」

「……三下り半を叩きつけたりはしないのか」

「見切りをつけるには早過ぎるだろ。まだ一週間だぞ」

あっけらかんと笑い、大我は傍らに置いていた鞄から自身の財布を取り出した。

「ところで、そろそろお前も持参金が底をついてる頃じゃないか？」

晴臣の懐事情を正しく見抜き、大我は財布から万札を引き抜いた。

「次の給料が振り込まれるまでは、その金でお前の飯だけどうにかしてくれ。俺の分は考えなくていい」

差し出された一万円札を、こんなにも重々しく感じたことはない。料亭で食事をしようと思えば万札など一瞬で消える。けれどこの一万円は大我の食費の半月分だ。気安く受け取れない。

硬直する晴臣を見て、大我はいったん万札をテーブルに置いた。

「それから、今日はちょっと買い物してきたんだ」

部屋の隅に置かれていた大きな買い物袋を引き寄せ、大我が中から何かを取り出した。新聞紙で包まれているところを見ると割れ物だろうか。びりびりと紙を破き、出てきたのはご飯茶碗だった。

「うちには茶碗がひとつしかないから、お前ずっと深めの小皿みたいなので米食ってただろ？　お前は意外と自炊もするし、きちんと食器も揃えた方がいいかと思って」

テーブルに置かれた茶碗を晴臣は凝視する。青と緑、二つある。思わず大我の顔を仰ぎ見ると、照れたような笑みを返された。

「ついでだから俺の分も買った」

大我にそのつもりがあったかは知らないが、憧れの夫婦茶碗だ。単なる色違いと言ってしまえばそれまでだが、箸と揃いの色使いだったのも嬉しかった。

買い物袋の中からは食器だけでなく、枕や座布団まで出てきた。

「枕は、ずっと俺のを使わせてて悪いなと思ってたんだよ。座布団も。お前床に座ってること多いから、何か敷かないと痛いだろ」

テーブルの上に続々と並べられるそれらの横には、電気とガスの明細書が置かれている。

本来なら、大我に晴臣を匿う理由はない。部屋にいるだけで光熱費を余分に食ってしまう晴臣など、たった一言「帰れ」と言えば追い払えるのに。大我はそれを口にしないどころか、晴臣のために無駄な出費を重ねている。

茶碗や枕や、晴臣が長期間ここにいるのを前提とした品々を見て、いつまでだってここにいていい、と無言の許しをもらった気がした。不覚にも目の奥が熱くなる。

呼吸が乱れてしまいそうになって、晴臣は大きく息をついた。

「……警察から逃がしてやっただけでここまでしてくれるなんて、さすがに人が好過ぎないか？」

声が震えてしまわぬよう、細心の注意を払って出した声は思いがけず低くなった。

大我は早速座布団を晴臣に渡して肩を竦める。

「それもあるが、案外この新婚生活が楽しいんだよ。帰ってきたとき部屋に灯りがついてて、家の中が暖かくて、お出迎えまでしてもらえるのは嬉しいもんだ。疲れが吹っ飛ぶ」

大我がどこまで本気で言っているのかはわからない。けれど、誰もいない家に帰るのが味気ないのは本当かも知れない。日中ひとりで過ごしていると、人気のない室内を淋しく思うことは間々あった。大我が帰ってくるとほっとする。大我もそう思ってくれているのだろうか。

この生活が、大我にとっても少しはメリットのあるものなら嬉しい。厚かましく続けさせてもらいたいとも思う。

となれば、自分もできる限りのことをしなければ。

晴臣は大我が買ってくれた座布団の上に端座すると、ローテーブルの上に置かれていた万札に手を伸ばした。

「この一万円、有り難くいただくぞ」

両手で押し頂くようにして万札を受け取れば、大げさだな、と苦笑された。

「とりあえず給料日までそれで乗り切ってくれ」

「わかった。これできちんと三食用意する。お前の分もだ」

「いや、俺の分は」

皆まで言わせず、晴臣は面を上げて言い切った。

「やってやる。絶対だ」

その瞬間、晴臣の節約生活の幕が切って落とされたのだった。


何をするにも、まずは知識がなければ始まらない。しかし今は本を買うだけの金もない。そこで晴臣が向かったのは図書館だった。節約系の本と雑誌を読み漁《あさ》って知識を蓄える。

計画が決まれば今度は足を使う。駅前のスーパーや薬局、商店街に並ぶ店の値段を徹底的にチェックし、底値を頭に叩き込んだ。

住宅街の中にぽつりと建っていた豆腐屋では、店先に大量のおからが置かれているのに気づいて早速声をかけた。売り物かと尋ねれば、廃棄処分するものだという。おからだってスーパーで買えば一袋三百グラム百円はする。豆腐を買ったあと、少し譲ってもらえないかと頼むと「どうせ捨てるものだから」とただで大量のおからをくれた。晴臣はすぐさま図書館でおからの調理法を調べ、足しげく豆腐屋に通っておからをもらってくるようになった。

幸い時間は余るほどある。時間を変え、曜日を変え、近所の店を片っ端から当たった。

卵はスーパーで買うよりも精肉店の方が安い。日曜休店の青果店は、土曜の夕方に訪れると見切り品が大量にある。雨の日はスーパーの鮮魚が早々と値下げをする。見切り品という言葉も節

お得!!
99

約生活を始めてから覚えた。お買い得品よりいい言葉だ。確実に安い。

　調理工程にも抜かりはない。ガスを使うより電気を使った方が光熱費を抑えられると知ってからは電子レンジの調理が増えた。野菜の下茹でなどはレンジを使った方が時間も短く済む。お浸しなどは冷凍しておいたものを解凍すれば茹でる必要がない。乾麵は鍋よりフライパンで茹でた方がガスと水を節約できる。

　そうやって朝晩の食事はもちろん、大我に持たせる弁当まで用意した。大きなおにぎりと玉子焼き程度のおかずを添えた弁当だが、これまでコンビニでカップラーメンやおにぎりを買っていたという大我はことのほか喜んでくれた。おからと一緒に炊いた米は腹持ちがいいらしい。ちなみに一緒に持たせた玉子焼きにもおからが入っている。体が大きな大我は当然食べる量も多く、少しでも嵩増《かさま》しになればと大抵のものにおからを入れた。

　金はない。しかし大我にひもじい思いはしてほしくない。自分のために苦労などかけさせてたまるか。少しでも「一緒にいてよかった」と思ってもらいたい。

人生で、これほど必死になったことはなかったように思う。

　節約を始めてから一週間が経った夜、晴臣はいつものように仕事から帰った大我を出迎えた。

「おかえり。飯の支度できてるぞ」

「みたいだな。外まで美味そうな匂いがした」

　子供のように鼻をひくつかせながら部屋に入った大我は、テーブルの上に並んだ料理を見て歓声を上げた。

「おぉ、肉だ！」

本日の夕食は豆腐の味噌汁にキャベツのチャーハン、鶏の照り焼きだ。

いただきます、と両手を合わせ、早速照り焼きを頬張る大我に尋ねる。

「鶏はブラジル産だが構わないな？」

「おう。産地なんて気にしたこともない……けど、お前は大丈夫なのか？」

アパートに来た当初、晴臣が国産の食材ばかり買っていたのを覚えているのだろう。窺うような目を向けられ、晴臣は「気にしない」とだけ答えた。母親がそうしたことを気にする質だったのでそれに倣っていただけで、晴臣自身に深いこだわりはなかった。産地など些末な問題で、大我が一緒に食べてくれるならそれ以上に望むものなどない。

照り焼きの下に敷かれていた茹でキャベツも綺麗に完食した大我は、続いてキャベツのチャーハンにも口をつける。無論、このチャーハンもおから入りだ。頬を膨らませてチャーハンを食べながら、そういえば、と大我が目を上げる。

「なんか最近、野菜高くないか？」

「高いな。だがそのキャベツはタダだ」

ん？　と大我は首を傾げる。次の瞬間、さっとその顔が強張った。

「まさかお前、どこかから盗ってきたとか言わないだろうな」

「心配するな。合法だ」

「待て、なんか怪しいぞ。詳しく説明しろ」

問われるまま、晴臣はスーパーでの顛末《てんまつ》を説明する。

大我の言う通り、今年は特に葉物野菜が高騰《こうとう》している。スーパーではキャベツが売られていたが、とても手の出せる値段ではない。だが栄養バランスを考えれば野菜も欲しい。どうしたものかと思っていたら、売り場の隅に段ボール箱が置かれていることに気づいた。中にはキャベツの葉が入っている。キャベツを買った客が、外側の葉をむしって箱の中に捨てていくらしい。

多少穴が開いたりしなびたりしているくらいで、外側の葉だって立派なキャベツだ。店員に確認すると、捨てられたキャベツの葉は好きに持って帰っていいらしい。晴臣の他にも、ウサギなどのペットにあげたいからと持ち帰る客は結構いるそうだ。

「だからもらってきた」

照り焼きのたれを絡めたキャベツを箸の先で丸め、晴臣はひょいとそれを口に放り込む。同時に大我が手から箸を取り落とした。

「おま……っ、良家のお坊ちゃんがそこまでするな！」

「大丈夫だ。捨てられていたとはいえ専用の段ボール箱に放り込まれていただけだから汚くはないぞ。しっかり火も通しているし問題ない」

「そういう心配してるんじゃねぇんだよ！」

思いがけない勢いで身を乗り出され、晴臣は目を瞬かせる。

「は、腹を壊したら、言ってくれ。もうしない」

「だからそういう心配じゃねぇんだって……！」

華道の家元である紫藤家の次男坊がスーパーの段ボール箱からキャベツの葉を拾う姿を想像したのか、大我は本気で頭を抱えてしまった。

「裕福な家で何不自由なく生活してたのに、そんな豹変して大丈夫なのか……」

「大丈夫だ。悪いことは何もない。今まで俺はいろいろなことに無頓着過ぎたんだと思う。生活するとはどういうことなのか、一から学び直している気分だ」

「だからって無理はするなよ。心配だ」

大丈夫だ、と返そうとしたが、声より先にくしゃみが出た。たちまち大我が表情を曇らせる。

「ほら見ろ、慣れないことして体調崩すなよ。ていうかこの部屋やけに寒くないか？　エアコンの設定温度……おい、なんで十八度になってんだ！」

「料理を作っているときは暖かかった」

「ガスコンロで暖をとろうとするな！　せめて二十五度にしとけ！」

あっという間に設定温度を上げ、大我は心配げに晴臣の顔を覗き込む。

「まさか風邪なんて引いてないだろうな？　今日はゆっくり風呂にでも入れよ。最近ずっとシャワーで済ませてるだろ？」

「ガス代がもったいない」

「いいから入れ。たまには俺も入りたい」

嘘をつけ、と口走りそうになった。晴臣が来るまではずっとシャワーで済ましていたくせに。心配してくれるのは嬉しいがこれ以上家計の負担になりたくない。

体よく断る方法を探し、晴臣は唇に笑みを含ませた。

「お前も一緒に入るのなら沸かそう」

予想外の提案だったのか大我が目を丸くする。晴臣はほくそ笑み、追い打ちをかけるべく言い足した。

「別々に入ると足し湯をするのがもったいないからな。一緒に入るなら支度をするぞ」

さすがに断られるだろうと予想しながら、どうする？　と晴臣は小首を傾げる。

大我はまじまじと晴臣の顔を見詰め返し、呆れ顔で眉を上げた。

「お前な、そんなセリフで俺が引き下がるとでも思ったか？」

「え」

「了解、一緒に入ろう。洗い物は俺がやっとくから、お前は飯食ったらすぐ風呂に入れ」

渾身の右ストレートを叩き込んでやったつもりが、綺麗にカウンターを食らってしまった。声も出せない晴臣を後目《しりめ》に、大我は残っていた食事もあっという間に平らげてしまう。

大我は汚れた皿をキッチンへ戻し、本気で風呂の掃除を始めたようだ。いつもの冗談に決まっていると思いつつも、箸先に迷いが出てなかなか皿が空にならない。そうこうしているうちに、風呂洗いを終えた大我が戻ってきた。

「十五分もしたらお湯が溜まるだろ。すぐに入れよ」

「あ、ああ……でも」

「心配すんな、後から俺も行く」

硬直する晴臣を見下ろし、大我が唇の端を持ち上げるようにして笑う。晴臣をからかって面白がっているのだろう。そうに違いないのに、大我の口からは一向に「冗談だ」の一言が出ない。

晴臣が食事を終えると間もなく湯が溜まり、半ば強引に脱衣所へ追いやられた。脱衣所の扉を隔《へだ》てた向こうでは、大我が洗い物をする水音がする。

少し迷ったものの、やはり冗談だろうと結論づけて服を脱いだ。

狭い脱衣所には脱衣かごを置くスペースもない。着ていた服は洗濯機に放り込み、寝間着と新しい下着は洗濯機の蓋《ふた》の上に置く。首からぶら下げていた巾着も外すと、いつものように寝間着の間にそれを押し込んだ。

浴室に入れば、小さな浴槽にはすでにたっぷりと湯が張られていた。掛け湯をしてから湯に体を沈めると唇から深い溜息が漏れる。久々の入浴だ。

やはり湯船は良いものだ。体が芯からほぐれていく。冷え切っていた爪先に血が巡り、晴臣は浴槽の縁に後ろ頭を預けてもう一度溜息をついた。

「ほら見ろ、疲れも吹っ飛ぶだろうが」

溜息の残響が消えぬうちに脱衣所から大我の声がして、尻がバスタブの底を滑った。そのまま沈んでしまいそうになり、慌てて縁に手をかける。

「何バチャバチャやってんだ、溺れんなよ」

言いながら、大我が浴室に入ってくる。しかも全裸だ。

冗談ではなかったのかと、晴臣はとっさに大我から目を逸らした。慌てて湯船の中で膝を抱え、可能な限り体を隠す。

「お、おま、お前、本当に……っ！」

「もったいないから一緒に入れって言ったのはお前だろ？」

笑いを含んだ声が浴室に響く。見なくてもわかった。きっと大我は今、面白がるような顔で晴臣を見下ろしている。

大我が浴槽の縁を摑み、湯の上に大きな影が落ちる。まさか一緒に浸かるつもりか。アパートの浴槽は小さい。体が密着してしまう。心臓が激しく胸を叩いて湯が揺れそうだ。

息を詰めていたら、ふいに大我が浴槽から離れた。

「やっぱり二人一緒に入るのは無理だな」

風呂椅子を引き寄せる音がして、大我がどかりと椅子に腰を下ろした。シャワーを出し、頭から湯を浴びる。

「交代にしよう。俺が髪と体洗ったら、次はお前の番な」

一方的に言い渡し、大我は豪快に髪を洗い始める。

晴臣はそろりと視線を動かして大我を盗み見た。立ち上る湯気の中、がっしりと筋肉のついた腕と脇腹を目の当たりにして心臓が跳ねる。

あたふたと視線を前に戻し、見るべきではなかった、と心底思った。心臓が無駄に張り切って全身に血を送るので、こめかみの辺りがどくどく脈打っている。湯あたりしそうだ。

晴臣の動揺などどこ吹く風で、大我は髪を洗いながら楽しそうに笑った。

「修学旅行みたいだな」

「そ、そうだな」

平静を装ってみても声が上擦る。長年片想いをしていた相手と風呂に入っているのだ。鼻血のひとつも出たらどうごまかそうかと指先で鼻を押さえた。

泡のついた手でシャワーのコックを捻りながら、「ところで」と大我が話題を変える。

「さっき、洗濯機の上に置いてあったお前の服の間からお守り袋みたいなもんが覗いてたんだが、あれなんだ？」

ざぁっとシャワーが浴室の床を叩く。

このときばかりは互いに全裸であることも忘れて大我を振り仰いでしまった。

大我は頭からシャワーを浴びているせいでこちらを見ていない。中身を見たのか、見覚えがあったのかと詰め寄りたいのをこらえ、晴臣はごくりと喉を鳴らして口を開いた。

「だ、大事なものが、入ってるんだ」

シャワーが全開になっていてよかった。でなければ、動揺して震えた声を大我に聞きとがめられていただろう。

「霊験あらたかなもんか？」

シャワーを止め、大我が軽い口調で尋ねてくる。この様子では袋の中身は見ていないようだ。

胸を撫で下ろし、晴臣は湯に顎をつけた。

「どちらかというと、思い出の品だな」

「家族との？」

「いや……」

「好きな相手か」

ぎくりとして返答が遅れた。なぜばれたのかと目を上げれば、同じタイミングで大我もこちらを向く。濡れ髪を後ろに撫でつけた大我には普段と違う色気があって目が離せない。

「わかりやすい反応だな」

髪からしたたり落ちる水が目に入ったのか、大我は目を眇めるようにして笑う。びっくりするほど男前で呻くような声を出してしまった。口元まで湯に沈めてなんとか声を殺す。

「ほら、そろそろ交代するぞ。おい大丈夫か、のぼせてないだろうな？」

再び大我が浴槽の縁に手をかけて、晴臣はあたふたと湯から出ると大我と入れ替わりに風呂椅子に腰を下ろした。

横目でちらりと湯船を見れば、大我はのびのびと湯につかり、天井を仰いで目を閉じている。こちらの体をしげしげと見られることはなさそうだとほっとして、晴臣もシャワーの湯を頭からかぶった。

「もしかして、好きな人って初恋の相手だったりするか？」

髪を洗っていると、出し抜けに大我に問いかけられた。一瞬迷ってから「そうだ」と返す。服すら着ていない無防備な状態で、上手く嘘をつけるとも思えない。

ちゃぷりと湯船が波打って、大我がしみじみと呟いた。

「お前は情が深いなぁ」

わしわしと髪を洗いながら、晴臣は自嘲交じりの笑みをこぼす。

「諦めが悪いの間違いだろう」

「思い出を大事にするのは悪いことじゃないだろ。でも、初恋云々《うんぬん》ってのは嘘でも否定しろよ」

「無用な嘘をついてどうする」

シャワーのコックに手を伸ばすと、浴槽から伸びてきた手に手首を摑まれた。

直前まで湯につかっていた大我の手は驚くほど熱い。何事かと大我の方を向けば、動いた拍子に目に泡が入った。片目しか開かないぼけた視界の中、大我がまっすぐこちらを見ている。

「もう少し自覚しろ。妬《や》ける」

顔こそよく見えなかったが、浴室に響いた声は感情を押し殺したように低かった。本気で苛立っているようにも聞こえてしまい動けなくなる。

「た……大我？」

うろたえて名前を呼んだら、思った以上に心許ない声になった。浴槽の角々で反響したその声が消える前に、手首を摑んでいた大我の指がほどける。次の瞬間、ざばっと激しく飛沫を上げて大我が湯船から立ち上がった。

「そんな心構えじゃ、偵察に来た兄貴にまた知人同士だって言われちまうぞ」

湯船から出た大我の声には、一転してからかうような響きがあった。そのまま背後をすり抜け、「ゆっくり温まってこい」と言い残して浴室を出てしまう。

天井に溜まった湯気が冷え、雫になってぽちゃんと湯船に落ちた。

晴臣はのろのろと前を向くと、思い出したようにシャワーコックを捻る。首を倒し、ヘッドから降り注ぐ湯を頭からかぶって、排水口に水が飲まれていくのと同じ勢いで息をついた。

水音に紛れて何度も大きく息を吐く。まさか本当に大我と風呂に入ることになるとは思わなかった。それに、あの手の冗談はやっぱり慣れない。本当に焼きもちを焼かれた気分だ。

手の甲でひたひたと頬を叩く。赤くなっていたことがばれていないといいのだが。

髪と体を洗い、最後にもう一度湯船に浸かってから風呂を出た。洗濯機の上に置いていた着替えの間からは小さな巾着が覗いており、その口が緩んでいないことを確認してほっと息を吐く。

もしも大我がこの中に入っているものを見たらどう思うだろう。小学生の頃、自分が立花に贈ったものだと気づくだろうか。

次はもう少し用心深く隠しておこうと自戒し、袋を首から下げ、その上からきっちりと服を着込んだ。

脱衣所を出ると、室内がやけに静まり返っていた。テレビの音も聞こえない。廊下から奥の部屋を覗き込むと、大我が机の前で立ち尽くしている。引き出しの中を見下ろしているようだ。

「……何してるんだ？」

微動だにしない大きな背中に声をかける。

肩越しに大我が振り返り、目元に悪戯っぽい笑みを浮かべた。

「さっきの仕返し。俺も初恋の思い出に浸ってる」

言いながら、再び引き出しの奥へと目を向ける。そこに何かあるらしい。

背伸びしたくなるのをこらえ、晴臣は胸の前できつく腕を組んだ。

「お前も、初恋にまつわる思い出の品を持ってるのか？」

まぁな、と大我が頷く。声は演技とも思えぬほどに優しかった。

「……情が深いな」

風呂場で大我に言われた言葉をそっくりそのまま繰り返せば、大我は肩を震わせて笑った。

「お前の言う通り、これは情が深いってより諦めが悪いんだな」

「まだ忘れられないのか」

「初恋ってのはなかなか根深いもんらしい」

胸の奥に鈍い痛みが走る。そんなに印象深い相手なのか。

引き出しの奥の暗がりを静かに見詰め、大我は一向にこちらを振り返らない。一体どんな顔で思い出の品を見詰め、誰の顔を思い浮かべているのだろう。

しばらくして、ようやく大我が引き出しを閉めた。振り返り、晴臣の顔を見て目を瞬かせる。

自分でも憮然とした顔をしている自覚はあった。きまり悪く大我から目を逸らし、「悪かった」と呟く。

「……何が？」

「さっき、風呂場で嘘のひとつもつけなくて」

視線を落とし、晴臣はますます声を低くする。

「俺も、お前が未だに初恋の相手を忘れられないのかと思ったら……妬けた」

いつもの冗談を装い、本音をこっそり打ち明けた。

大我は束の間沈黙してから、ぶはっと勢いよく噴き出す。

「お前も言うようになったなぁ！」

「……お前を見習ったんだ」

「そうだな、そこまで言えるなら兄貴が来ても恋人認定してくれるかもしれねぇわ」

そんなにも清雅に一泡吹かせたいのか。子供の頃、手作りのクッキーを奪われただけで。

腹を抱えて笑う大我を横目に、晴臣は机の引き出しへ視線を向けた。

大我の初恋の相手は、案外立花だったりするのかもしれない、などと思いながら。


久々に風呂に入って心地よい疲労感に包まれていたせいか、その日は二人していつもより早めに布団に入った。布団の中でも爪先はぽかぽかと温かく、すぐにも寝つけるだろうと思ったが実際は上手くいかない。部屋の灯りが落ちてしばらくしても目が冴えている。

仰向けになっていた晴臣は寝返りを打って壁に背を向ける。必然的に、目線の先に置かれた机が視界に飛び込んできた。

大我は滅多にあの机の前に座らないのでほとんど意識してこなかったが、あの中に思い出の品がしまわれていることを知ってしまった今は別だ。

初恋の相手にまつわる品とはどんなもので、相手は誰だろう。

立花ならばいいな、と思った。立花なら二年前に結婚してしまった。大我がどんなに忘れられなくとも二人は一緒になれない。そんなことを考え、己の浅ましさにうんざりした。好きになった相手の幸せを祈ることもできないなんて、自分はなんて狭量なのだろう。

深い溜息をついたら、床でごそごそと大我が寝返りを打つ気配がした。

「……晴臣？　起きてるか？」

低く潜めた声で名を呼ばれ、心臓がふぅっと一回り大きくなる。ベッドから身を乗り出して床を見下ろせば、寝袋の中で大我が目を開けていた。

豆電球だけがついた室内は薄暗い。薄く色づく頰の色など気づかれまいと、晴臣はじっくり大我の顔を見下ろした。

「どうした、眠れないか？」

大我もずっと起きていたのか、声は存外しっかりしていた。晴臣は枕に肘をつき、唇に緩やかな笑みを浮かべる。

「久々に風呂に入ったら、興奮して眠れなくなった」

「なんだそれ。そんなに楽しかったなら毎日入れよ」

部屋の灯りが落ちているせいか、自然と声のトーンも落ちる。ひそひそと喋り合っていると、なんだか本当に修学旅行の夜のような気がしてきた。大我も寝袋の中で体を反転させ、腹ばいになって晴臣を見上げてくる。

「眠くなるまで怖い話でもするか？」

「余計眠れなくなるだろう」

「怖かったら一緒にトイレ行ってやるぞ」

ふふ、と晴臣は柔らかな声を立てて笑う。大我と一緒に暮らし始めて早二週間が経つが、これまでは突然の同居に戸惑うばかりで、こんなふうに穏やかに大我と向かい合うのは初めてだ。部屋の照明が落ちている今は、こちらの顔色を読まれることもないだろうと安心して大我の顔を眺めていられる。

晴臣の視線を受け止め、どうした、と大我は柔らかな声で繰り返した。

「何か心配事か?」

豆電球の橙色《だいだいいろ》に照らされる大我の顔を見下ろし、うっかり「うん」と頷いてしまいそうになった。お前が未だに初恋の相手を忘れられないのではないかと心配で、その相手が何かの間違いでお前の前に現れたらと思うと眠れない。そう口にしそうになる。

この生活は、あとどのくらい続くのだろう。

期間限定の新婚生活は思った以上に居心地がよく、終わってしまうのが惜しまれる。だからといってこの生活を維持したところで、自分たちは延々ただの友達だ。晴臣の兄を翻弄《ほんろう》するという悪だくみが合致しただけの、知人よりはもう少し親しい友人同士に過ぎない。

「何も心配なんてしてない」

本音とは裏腹に、晴臣は穏やかな声で言い切る。

いつか終わりがくるのは知っている。心配なんてするだけ無駄だ。

大我が何か言いたげな顔をして、晴臣は話題を変えるべくベッドから身を乗り出した。

「それより、たまにはお前がベッドを使ったらどうだ？」

大我は毎日寝袋にくるまって床で寝ている。本人は問題ないと言っているが、床は固いし寒いだろう。早速ベッドから下りようとしたが大我に止められてしまった。

「お前みたいな箱入りが床で寝たら一発で体を痛めちまうぞ」

「失礼な。そんなにひ弱じゃない」

どうかなぁ、と大我は疑わし気な目を向ける。

からかう口調の裏側でこちらの体を気遣ってくれているのはわかっていた。まるで温室で手厚く育てられた花のように晴臣を扱っているのも。

だが相手の体を案じているのは晴臣も一緒だ。日がな家にこもっている晴臣とは違い、大我は外で働いて帰ってくる。夜くらいゆっくり体を休めてほしい。

どうにか大我をベッドに上がらせる方法を考え、晴臣はぽんと思いついたそれを口にした。

「一緒に寝たらいいんじゃないか？」

半分冗談で、半分本気だ。

まさか大我が頷くわけもないだろうが、話の展開によっては「男二人で寝るくらいなら俺がひとりでベッドに寝る」と大我が言い出すかもしれない。しつこく食い下がればあるいは、などと思っていたら、大我が寝袋のファスナーを下げて身を起こした。立ち上がり、ベッドの傍らに立って身を屈める。おや、と思ったときにはもうベッドのスプリングが低く軋んでいた。

ベッドの端に膝をかけた大我が、真上から晴臣の顔を覗き込んでくる。迫りくる大我の胸の広さを前に、晴臣の心臓が大きく跳ねた。

「ま……」

まさか本当に一緒に眠るつもりか、と尋ねようとしたが、舌がへばりついたようで言葉にならない。大我は無表情で晴臣を見下ろし、片手を晴臣の顔の横につく。大きな体が近づいてきて、喉を締め上げられたように息ができなくなった。酸素の供給が途絶えたことに抗議するように、心臓が激しく胸を叩く。

身じろぎもできず大我の顔を見上げ続けていたら、それまで真顔を崩さなかった大我がふっと口元を緩めた。

「やっぱ狭いだろ、これ」

気の抜けた声に、張り詰めていた空気が一気に緩む。冗談に冗談で返されただけらしい。

大我はすぐにベッドから離れようとするが、晴臣はまだ驚きから立ち直れない。それでもなお大我をベッドで寝かせようと、闇雲に腕を伸ばして大我の服の裾を摑んだ。

「待て、狭いなら、俺が下で、おま……お前がベッドを、あの、ひとりで……だろう⁉」

途中で上手く言葉が出てこなくなって、大きな声で強引に同意を求めた。大我はおかしそうに笑いながらまた寝袋に戻ろうとするので、摑んでいた服の裾を力一杯引っ張る。

「こら、服が伸びる」

「お前が話を聞かないからだろう！　こっちで寝ろ、こっちで！」

「一緒に？」

「い……っ、っしょに寝たら、狭いんだろうが！」

適当に会話を切り上げようとする大我の服をぐいぐい引っ張り続けていると、根負けしたように大我がベッドの端に座り直した。

「わかったわかった、俺に安眠してほしいんだろ？　だったらベッドはお前に譲るから、お休みのキスだけしてくれ」

「……はっ⁉」

「そしたら寝袋の中だろうがどこだろうがよく眠れるから」

人差し指で自分の頬を指さし、大我はわざとらしくウィンクをする。

思えば同居を始めた当初も、同じように『行ってらっしゃいのキス』を求められたことがあった。あのときは驚くばかりでろくな反応ができず、冗談に乗じてやっておけばよかったと激しく後悔したものだ。しかもあれ以降、大我は同じ冗談を一度も口にしていない。最初で最後のチャンスだったのにと後悔は募る一方だった。

晴臣はぐっと奥歯を嚙んで布団を撥ねのける。あの轍《てつ》を踏んでなるものかと、ほとんど体当たりする勢いで大我の頰に唇を押しつけた。

唇が離れ、至近距離で互いの視線が交わる。

まさか本気で晴臣がキスをしてくるとは思っていなかったらしく、大我は啞然とした顔だ。驚き一色に染まっているその表情がどう変化するのか見届けるだけの勇気はなく、晴臣は「おやすみ！」と一声告げると逃げるように布団に潜り込んだ。

布団の中に逃げ込んでしばらくしても、大我がベッドから離れる気配はない。

いくら冗談でも、頬にキスなどしたから気味悪がられただろうか。今頃嫌そうな顔で頬を拭っているかもしれない。そう思ったらみぞおちの辺りが重苦しくなる。

体を丸め、段々と薄くなる酸素を忙しなく吸っていたら、布団の上に大我の手が置かれた。

まさか布団をはがされ厳重注意でもされるのかとびくびくしていたが、大我は一向に布団をはがそうとしない。大きな手は何かを探すように動いて、晴臣の頭の丸みを見つけるとようやく落ち着いたようにそこを撫でた。

「これなら安眠間違いなしだな」

笑い交じりに大我が言う。声の調子から怒っていないことが伝わってきてほっとした。悪ふざけの一環と思ってくれたらしい。

しばらく晴臣を撫でて気が済んだのか、頭を撫でる手が離れ、ぎっとベッドが低く軋んだ。寝袋に戻ってしまうのかと思っていたら、もう一度布団の上から何かが頭に触れた。

「おやすみ」

すぐ近くで声がして、晴臣は全身を硬直させる。直前までとは明らかに声の距離が違う。布団越しに耳元で囁かれたとしか思えない近さだ。

大我が寝袋に戻っても、晴臣はなかなか硬直を解くことができなかった。おやすみ、と声をかける前、布団の上から何かが晴臣の頭に触れた。大我の手だろうか。それとも。

もしかすると、大我も布団越しにキスを返してくれたのだろうか。

想像しただけで心臓が暴れ太鼓並みのビートを刻み始める。本当なら布団の中でゴロゴロと転がりたいくらいの衝撃だったが、すぐ近くに大我がいると思うとそれもできない。

蒸し風呂のような布団の中、晴臣は声もなくシーツを握りしめることしかできなかった。


大我の住むアパートは古い。築三十年、木造アパート。しかも一階なので日当たりが良くない。床から冷気が這い上がり、外から帰っても室内と外の気温にさほど違いを感じられなかった。

かじかむ指先に息を吹きかけ、晴臣はコンビニでもらってきた就職情報誌をめくる。この種の雑誌に目を通すのは初めてだが、改めていろいろな職があるものだと感心した。

節約生活も板につき、食費をぎりぎりまで切り詰めている晴臣だが、やはり自分が日中家にいると光熱費がかさんでしまうのは避けられない。家にいなければいいだけの話だが、公園や図書館で無為に時間を潰すくらいなら働きに出た方がよさそうだ。それでこうして情報誌など眺めているわけだが、いざ職探しをしようとすると難しい。事務職にしろ営業職にしろ、具体的にどんな仕事をするのかさっぱり見当がつかないからだ。晴臣の職歴は花の講師くらいのものである。

たとえば『事務職、要普通自動車の免許』。これは駄目だ、車の免許は持っていない。『営業職、経験者優遇』。これも難しい。『軽作業、初心者歓迎』。これはどうだろう。時給もいい。出勤時間は二十二時から翌七時。大我の弁当を作る時間があるかどうかが問題か。

「お、なんだ。出かけてんのかと思ったら」

紙面を睨んでいたら大我の声がして、はっと顔を上げると部屋の入り口に大我が立っていた。情報誌を読むのに集中し過ぎて、玄関の鍵が開く音に気づかなかったようだ。

大我は上着を脱ぎながら「なんか今日寒くないか？」と室内を見回し、エアコンを見てぎょっとしたように上着を取り落とした。

「なんでエアコン入れてないんだよ、寒いだろ！」

晴臣は小さく口を開いて、閉じる。普段からひとりでいるときはエアコンを消しており、大我が帰ってくる頃合いを見計らってつけている、などと言ったら叱られそうな気がしたからだ。

「今日はたまたまだ。電気代節約のために……」

「そういうの気にすんなって言っただろうが！　お前が風邪でも引いた方が困る」

エアコンをつけてもすぐに部屋は暖まらず、大我は床に落とした上着を摑むと有無を言わせず晴臣に羽織らせた。

脱いだばかりの上着にはまだ大我の体温が残っていてどきりとした。身じろぎすると匂いや熱が逃げてしまいそうでもったいない。どきどきしながら地蔵のように固まっていると、大我が晴臣を胸に抱き寄せてきた。

「何可愛い反応してんだ、抱き潰すぞ」

ぎゅうぎゅうと抱きしめられ、「もう潰されてる」と苦しい声で反論する。実際に胸が押し潰されて苦しかったし、心臓が馬鹿みたいに暴れるので呼吸も覚束《おぼつか》ない。

一緒に暮らすようになってからわかったことだが、大我は予想外にスキンシップが激しかった。肩を叩いたり頭を撫でたりというのは日常茶飯事で、最近は帰るなり「ただいま」と声をかけながらハグまでしてくる。

先日、晴臣が寝る前にキスをしてから特にだ。晴臣にもこの手の冗談が通じると判断したのか、これまで以上にためらいなく触れてくるようになった。

初めて玄関先で抱きしめられたときは口から魂がはみ出るほど驚いたが、大我が人の悪い顔で「これくらいしないと新婚さんの距離感にならないだろ。あの兄貴に『そら見たことか』って顔されんのも癪だ」などと言うので、そうだな、それはそうだ、と適当な相槌を返しておいた。

束の間の幸福だ。どうせなら堪能したい。兄と大我が犬猿の仲だったことに感謝する。

今日も今日とておからともやしを大量に使った節約料理で夕飯を終えると、晴臣はローテーブルの上に就職情報誌を置いた。満足そうに腹を撫でていた大我は、「帰ってきたとき熱心に見てたのはそれか」と納得したような顔をする。

「何かアルバイトをしようと思ったんだが、どんな仕事がいいのかよくわからん。相談に乗ってもらえないか?」

大我の斜向かいに座り単刀直入に切り出した。緊張した面持ちは隠せなかったが仕方ない。この後の会話次第では、大我との生活が終わってしまう可能性もある。

晴臣がこの部屋に来てすでに二週間以上が過ぎたが、家族は晴臣が根負けして帰って来るのを待つつもりなのか一向に迎えにこようとしない。大我としても、終わりの見えないこの生活にそろそろ倦《う》み始めている頃ではないか。「バイトまでしなくても」「もうそろそろ帰らなくていいのか」と帰宅を促してくる可能性もある。

そんな晴臣の懸念をよそに、大我はあっさりと「いいんじゃないか」と言った。

「お前の無理がない範囲でできそうなのを探してみればいい」

「い、いいのか？」

大我は不思議そうな顔で「もちろん」と頷く。アルバイトなど始めたら本気で晴臣がここにいついてしまいそうなものを。

「これまではどんなバイトとか仕事してたんだ？」

雑誌をぱらぱらとめくりながら大我が尋ねてきて、晴臣は一度息を整える。この先もずっとここにいていいのだと許してもらった気分になって、歓喜で声が上擦りそうだった。

「……花に関わることがほとんどだ。カルチャーセンターの講師とか、小さな公演会とか」

「花を活けることをメインにした仕事は？　人に教えるんじゃなくて、どっかの会場を華々しく飾るような」

「そういう仕事は兄にすべて任せている」

大きな展示場やホテルのロビーに花を活けるような、華道家の名前が大々的に出る仕事は清雅の担当だ。まれに晴臣が同行することもあるが、兄の補佐をしたり雑用を片づけたりするのがほとんどで花は活けない。

「自分もそういうデカい仕事をやってみたいとは思わないのか？　兄貴だけずるい、とか」

ずるい、と口の中で繰り返して晴臣は首を傾げる。大きな仕事の後、兄はいつもたくさんの人に囲まれていた。賛辞の言葉はすべて兄に注がれるが、それを羨ましいと思ったことはない。

「俺は別に……花に関係のある仕事なら、なんでも好きだ」

強がりでもなんでもなく、晴臣は本心からそう思っている。

子供の頃から花に触れているのが好きだった。美しい花を、一番美しく見えるように整えたい。その気持ちだけで花と向き合ってきた。いつだって晴臣の傍らには花があった。

だが大我の部屋に来てからはほとんど花に触れていない。こんなにも長いこと花と離れて生活しているのは人生で初めてのことかもしれず、冷たい茎の感触を懐かしむように指先を擦り合わせた。

「じゃあ、花屋のバイトでもしたらどうだ？」

大我に提案され、晴臣は困惑顔で就職情報誌を見る。

「でも、雑誌には花屋のバイトなんて……」

「近所の花屋、ちょっと前からバイト募集してたぞ。店先に貼り紙出てたの見てないか？」

「近所のって……あれか？　駅の南にある、商店街の近くの」

「なんだ、やっぱり知ってるんだな」

個人経営らしき小さな花屋があるのは知っていた。けれど店に近づいたことはない。見たら最後、見境なく花を買ってしまいそうで怖かったからだ。

小さいが、店先にずらりと花を並べた店を思い出し、晴臣はそわそわと上体を揺らす。

「あそこで働けるのなら、働きたい。どうしたらいいんだ？　何が必要だ？」

「まずは店に行って店長に声かけたらいいんじゃないか？　履歴書くらいは持って行った方がいいかもしれねぇな。履歴書ならうちにあるぞ、昔使ったやつの残り」

「本当か！」

目の色を変えた晴臣に苦笑して、大我が履歴書の書き方を教えてくれる。

慣れない履歴書に苦戦しながらも晴臣の表情は明るかった。意識して避けていた花屋を訪れる大義名分が得られただけで嬉しい。面接に受からなかったとしても、一本くらい花を買って帰ってもいいかもしれない。久々に花に触れられると思ったら一気に心が華やいで、その晩は遠足前の子供のように、なかなか寝つくことができなかった。


「華道の講師をしていた経験がある？　じゃあ、ブーケとか作れたり？　うわ、本当に⁉　よかったー、採用です！」

バイト経験のない自分を採用してくれるか不安を抱きつつ花屋を訪れた晴臣だったが、結果は即日採用だった。店長は三十代の男性で、晴臣の履歴書を見るのもそこそこにごく短い面接で採用を決めてくれた。

三人も客が入れば足の踏み場もなくなってしまう小さな店は、夫婦二人で営んでいるそうだが、今は店長の姿しかない。聞けば妻が出産間近らしい。

「予定日まではまだ一ヶ月くらいあるんですけど、産道が短くなってるとかで緊急入院することになっちゃって。子供が生まれたらしばらく店は閉めることになると思うんで、短期のバイトになりますけど大丈夫ですか？」

店長から説明を受け、願ってもないことだと快諾した。晴臣とて、いつまでこの町にいられるかわからない。

初日から早速晴臣は仕事に駆り出された。たったひとりで店を切り盛りしていた店長は、仕事の傍ら子供を迎える準備、妻の見舞いなどに翻弄され、疲労困憊だった。晴臣に基本的な業務内容を伝えると、「ちょっと奥で休んでくるから、お客さん来たら起こしてください」と言い残し、青い顔でバックヤードへ入っていってしまった。

晴臣は言いつけ通り黙々と仕事をする。店の周りを掃除したり、花桶の水を替えたり、店の奥に置かれた花と店頭の花を入れ替えたり。たっぷり水を張った花桶は重く、花屋の仕事は案外力仕事が多い。いずれはパソコンで在庫管理も頼みたいと言われた。花と戯《たわむ》れてばかりいればいいというわけではないようだ。

それでも、一息ついたときに花を眺められるのは気持ちがいい。店の奥で萎《しお》れている花があれば、言われなくとも店先に移動して日射しを当ててやりたくなる。力仕事は慣れないが、苦にならないので案外天職なのかもしれない。

晴臣は平日の火曜から金曜、週に四日アルバイトに通うことになった。勤務時間は十時から十七時、休憩は一時間。時給は最低賃金ぎりぎりだったが、花に囲まれていれば文句もない。

晴臣にとって願ってもなかったのは、廃棄される花を持ち帰ってもいいと店長に言ってもらえたことだ。「妻に花の管理を任せていたときはロストなんてほとんど出なかったんだけど、僕はこういうのが苦手で……」と店長が頭を掻く通り、店には売れ残った花がかなりあった。つぼみが開ききって花びらが落ち始めた花や、色褪せてきた花を店頭に並べておくわけにはいかない。捨てられかけたそれを、晴臣はごっそり持ち帰るようになった。

どうせ長くは持たない花だが、生活に花を持ち込めば気持ちが潤う。花瓶はなく、調味料の入っていた空き瓶などをよく洗って代用した。剣山もないので花の形を整えることは難しい。それでも手元にある材料で、できるだけ花を美しく見せられるよう丁寧に活けた。

台所の隅に、窓辺に、ローテーブルの上に、日に日に花が増えていく。

何より嬉しかったのは、大我が逐一花に気づいて「綺麗だな」と声をかけてくれることだ。目元を緩め、穏やかな顔で花を眺める大我を見ていると、調味料瓶の中で花が艶やかに匂い立つようだった。

基本的に店番は店長と二人でしているのだが、たまに店長は花の配達に行ってしまう。ひとりで店番をしていると、客に花束を作ってほしいと求められることもあった。

初めて「五千円で花束を作って下さい」と言われたときは戸惑った。どんな花を使うかすら指定されない。晴臣の見立てでいいと言う。

店先にずらりと並んだ花を眺め、五千円、と改めて繰り返した。

これまでは花の値段など意識したこともなかった。実家にいれば花屋から直接大量の花が届く。

明細を見たことすらない。

以前の自分なら、五千円の花束と聞いたら安いと思ったかもしれない。けれど今は違う。時給千円にも満たない晴臣にとって、五千円は一日分の労働対価に等しい。

紙幣一枚の重みを知った今だからこそ、客が心底満足する花束を作りたいと思った。だから丁寧に客の要望を聞きだした。

花を渡す相手は、長いこと入院していた友人らしい。先日退院し、前から行こうと約束していたカフェのテラス席で花を渡したいのだと言う。それを聞いて、だったらとびきり華やかな花束にしようと思った。

鮮やかな黄色いチューリップに、オレンジのダリアと薔薇の花を添える。ビタミンカラーの花々に添えるのは、青々とした緑の葉に星のような小さい花をつけるホワイトスターだ。頭上に青空が広がるカフェテラスで、一等鮮やかに友人を出迎えてくれるだろう。

受け取った客は「快気祝いにぴったりだわ」と大層喜んでくれた。

こんな調子で聞き出してみれば、花は様々なシーンで使われる。

退院祝いのときもあれば、見舞いに持っていく花もある。バレエの発表会、恩師の送別会、誕生を寿《ことほ》ぐ花に、死別の悲しみを慰める花。

それぞれに求められる色が違う、形が違う。何を求められているのか必死で探った。花の向こうには必ずそれを求める人の姿がある。その人に届くようにと花を束ねた。

これまで晴臣は、自分のためだけに花を活けてきた。目の前にある花が、もっと美しく自分の目に映るように。他人からの意見を求めることはなく、己が満足すればそれでよかった。

花屋の店先で花束を作ることは、それまでの意識を打ち壊す作業でもあった。そうして作った花が喜ばれると、晴臣も心底嬉しくなった。花は自分の目を楽しませるためだけにあるのではないのだと、子供でも知っているようなことにようやく気づいた。

もっと早くに気づいていれば、カルチャーセンターでも違う教え方ができたかもしれない。生徒が活けた花を、自分が綺麗だと思う形に手直しするのではなく、相手の好む形になるようアドバイスできたはずだ。少なくとも生徒にどんな意図で花を活けたか聞くことはしただろう。そう思うと、自分は随分と押しつけがましい指導をしていたように思う。

あのときの受講料はどのくらいだったのだろう。そんなことすら自分は知らない。兄に紹介された仕事を、趣味の延長のような気分でこなしていた。あれだってれっきとした仕事だったのに。生徒は受講料と受講内容を比較して、きちんと満足していただろうか。

今更のように反省する。

もしも機会があるならば今度こそ、花ではなく生徒と向き合いたい、と晴臣は思った。


バイトを始めて二週間ほど経った頃、初めての給料が振り込まれることになった。

しかし晴臣は銀行のカードも通帳も持ってきておらず、自分の口座番号すらわからなかったので、給料は大我の銀行に振り込んでもらうことになった。

大我は「いいのか、それで」と大層戸惑っていたが、そもそも全額大我に渡すつもりだったのだ。無事振り込まれていることだけ確認できればそれでいい。

待ちに待った給料日、仕事から帰ってきた大我を晴臣は小走りに出迎えた。おかえり、と声をかけるなり片腕で抱き寄せられ、ぎこちない仕草で大我の背中を抱き返す。毎日のことだが未だ慣れず、顔が赤くなる前に大我から体を離して尋ねた。

「どうだった、給料はきちんと振り込まれていたか？」

「ああ、ちゃんと記帳してきた。給料も振り込まれてたぞ」

「見たい」

短くねだると、あからさまに躊躇《ちゆうちよ》された。

「え、見るのか……？」

「見たい、駄目か？　どうした、やっぱり振り込まれてなかったのか？」

「いやそういうわけじゃ……。わかった、見せるから、でも残高はあんまり見るなよ」

溜息をつき、大我は靴を脱ぐのも後回しにして晴臣に通帳を手渡してくれた。

今日の日付を目で辿れば、確かに花屋からの入金がある。まだ働き始めて二週間足らず。振り込まれた金額は、三五、四六〇円だった。

晴臣はそこに記入された金額をしげしげと見詰める。

これまで実家暮らしだった晴臣は、ついぞ衣食住の心配をしたことがない。自由に使えるカードもあったし、さほど物欲があるわけでもなく、金には一向無頓着だった。

しかし生きることと金を使うことが直結した今、働くことと稼ぐこともきちんとつながって、振り込まれた金額に静かな感動を覚えた。

「……お前の部屋に転がり込んで、たった一週間で三万円を使い果たしたのが随分昔のことのようだ」

「ははっ、実際もう一ヶ月も前のことだからな」

もう一ヶ月もここにいるのか、と感慨深い気分になる。大我には本当に世話になっているし、少しでも生活費の足しになればいいのだが。もう一度振込額を見てから通帳を返そうとした晴臣だが、見るつもりのなかった残高が目に飛び込んできて手が止まった。

大我の通帳残高は微々たるものだった。給料の払い込みが一回でも滞ったら、次の月から電気もガスも水道すら止まりかねない。

通帳を凝視していたら横から大我に奪われた。そのまま部屋の奥へ向かおうとする大我を慌てて追いかける。

「なあ、余計な心配かもしれないが、大丈夫なのか？　俺がいて残高がマイナスになったりしないか？　バイトを増やした方がいいか？」

「いい、大丈夫だ。マイナスにはならねぇよ」

大我はこちらを振り返らないまま、腕だけ伸ばして晴臣の頭を撫でる。晴臣が食い下がろうとするとようやく振り返り、唇に笑みを浮かべた。

「むしろ前より生活は潤ってる。家の中に花は溢れてるし、飯も美味いし」

「でも」

「お前がいるだけでいいよ」

その一言で撃沈された。嘘でも冗談でも胸が破裂しそうになる。ずるい、と思ったが言えない。そんな言葉で声を失うほど喜んでいる自分を知られるわけにもいかない。

押し黙った晴臣を残し、大我が部屋着に着替え始める。ダウンジャケットの下に着ているのは胸元に会社の名前が刺繍された濃紺の作業着だ。

通帳には大我の勤め先からの入金もあった。見るつもりはなかったが、大学の新卒だってもう少しもらっていそうな金額に驚いたのは事実だ。

大我は一体どんな会社に勤めているのだろう。制服に刺繍された『小端鉄工所《おばた》』という名前だけではよくわからない。名前からして大我の実家と同じような工場だろうとは見当がつくが。

実家である工場から離れ、わざわざ東京の工場に勤める理由がわからない。家族の間で何か軋《あつ》轢《れき》でもあったのか。はたまた小端鉄工所は実家を捨てられるくらい特殊な会社なのか。

せめて携帯電話を持ってきていれば会社のホームページを検索することもできたのだが。ほとんど身ひとつでこのアパートに転がり込んだ晴臣には、悶々と小端鉄工所に対する想像を広げることしかできなかった。


無事バイト代も振り込まれ、たまには奮発して合い挽き肉でも買ってみようか、と画策していた土曜の昼。大我も同じようなことを考えていたらしく、「たまには外食しないか」と誘われて近所のラーメン店に向かった。

節約生活を始めてから初の外食だ。やって来たのは以前にも来たことがある店で、晴臣は初回以上にどぎまぎして券売機の前に立った。

「何がいい」

「……醬油ラーメン」

「チャーシュー麵にしとけ。この前美味いって言ってただろ？」

「そんな贅沢できない」

大我は声を立てて笑うと、晴臣の返事を待たずチャーシュー麵のボタンを押してしまう。

「この前は『たった千円でラーメンが食べられるのか』とか言ってただろ。順応が早過ぎるよ、お前は」

食券を渡された晴臣はおろおろする。支払いは大我持ちとなればなおさらだ。

バイト代を大我の銀行に振り込んでもらうにあたり、大我はバイト代の半分を晴臣に渡そうとした。それくらい自分の好きに使えと言うのだ。大我と一緒に暮らしているだけで十分好き勝手やっている自覚のある晴臣が頑として受け取らずにいると、大我は思案気な顔をして「だったらできるだけお前に贅沢させよう」と言った。具体的にどうするつもりかと思っていたら、こういうことか。

「いつも飯の支度はお前に任せっきりだったからな。週末ぐらいは外で食うのもいいだろ」

ラーメンを待つ間、大我はのんびりと笑ってそんなことを言う。心遣いは嬉しいが、通帳の残高を思い出すと気が気でない。

ラーメンが運ばれてきてもまだうろたえた顔を隠せずにいたら、「せめて美味そうに食ってくれ」と苦笑されてしまったので、気持ちを入れ替えてチャーシュー麺を堪能した。

久々に食べる脂の乗った肉は格別に美味く、前回は半分ほど残したのに今回はぺろりと完食してしまった。一緒にチャーシュー麺を頼んだ大我も「いい食べっぷりだな」と嬉しそうに笑う。

食事を終え、そのまま帰るのかと思いきや今度はショッピングモールに向かうことになった。

大我に連れられやってきたのは、アクセサリーショップだ。

男性向けのショップらしく、ごつごつとしたシルバーのアクセサリーが並ぶ店先で、大我は「どれがいい？」と晴臣に尋ねる。

「……何か買うのか？」

「買う。ペアリング」

ぺあ、と間抜けに繰り返し、晴臣は力なく自分と大我を指さした。

「まさか、俺とお前の、か……？」

「それ以外ないだろ。で、どうする？　どんなデザインがいい？　シンプルなのか？」

「ほ、本気か⁉」

棚に並んだリングを眺め、もちろん、と大我は笑う。

「せめてペアリングでもつけてないと兄貴の前で格好つかないだろ？」

そんな理由で、と思ったものの、大我と揃いの指輪がつけられるのは正直嬉しい。まるで本物の恋人同士のようだ。だからつい、制止の声は弱くなる。

大我は目についた指輪を迷いなく左手の薬指に入れ、「きついな」などと言いながら晴臣の手を取る。止める間もなく左手の薬指に指輪を通され、その場に頽《くずお》れてしまいそうになった。

「お前はこれでぴったりだな。デザインは悪くないと思うけど、どうだ？　趣味じゃないか？」

「……いや、いい、と思う」

細身のシルバーリングは、中央の部分に捻《ね》じりを加えたシンプルなデザインだ。アクセサリーらしいアクセサリーを身につけたことがないので、指輪を嵌めた手が他人のもののように見える。

ぼうっと左手を眺めていた晴臣だが、大我が店員を呼ぶに至って我に返った。

「待て！　本当に買うのか？」

「買うけど。別のデザインがよかったか？」

それとも、と大我は首を傾げる。

「さすがにペアリングは嫌か？」

唇に笑みを浮かべ、平らかな口調で大我は尋ねる。そこに絶対晴臣を説き伏せんとする熱意のようなものは見受けられない。晴臣が嫌だと言えば、きっとあっさり引き下がるだろう。

続く言葉に迷った挙句、晴臣はやけくそになって叫んだ。

「そういうことでなく！　一個五千円もするだろうが！」

大我は声を立てて笑い、今度こそ店員を呼び寄せた。

「指輪にしちゃ随分と安い方だ。給料三ヶ月分じゃなくて悪いな。あ、すみません、このリングもう少しサイズ大きいのあります？」

男同士でペアリングを買うことになんら恥じ入る様子も見せず、大我は店員が持ってきた指輪を指に通した。ぴったりと指のつけ根に収まったそれを見て満足そうに笑う。

「会計お願いします。このままつけて帰るんで包装はいいです」

てっきり兄の前でだけつけるのかと思ったが、大我は本気で四六時中指輪をつけて過ごすつもりらしい。こんなの本当のペアリングだ。

店を出て、晴臣は慣れない指輪の感触を確かめながら呟く。

「半額支払う」

「もうもらってる。お前の稼ぎは全額俺の口座に振り込まれてるんだからな」

「チャーシュー麺と指輪であっという間に飛んでいく金額だぞ」

「言い過ぎだ。それよりお前も指輪は外すなよ。いつお前の兄貴が襲来するかわからん」

大我は頭上に左手を掲げ、喉を鳴らすようにして笑った。

「いやぁ、ペアリングまでつけてる俺たちを見て狼狽《ろうばい》する兄貴の顔が目に浮かぶな」

楽しくてたまらない様子だ。

歩きながら、晴臣は左手を握ったり開いたりして落ち着かない。兄の目をごまかすためだとわかっていても、揃いの指輪は嬉しかった。いつかこの生活が終わったとしても、手元に指輪は残るだろう。そう思えば、遠くない未来に訪れるだろう離別の恐怖もいくらか薄れた。

「……ありがとう」

前を行く大我の背中に、小さな声で礼を言った。雑踏に紛れ、声は大我に届かない。

嬉しいよ、と言えない代わりに、無言で銀の指輪を撫でた。


買い物を終え、どうせだったら夕飯も外で食べてしまおうと大我にそそのかされてフードコートで食事をした。大変な散財だと思ったが、大我はけろりとした顔で「普段切り詰めてる分どっかで息抜きしないと続かないぞ」などともっともらしいことを言う。

帰宅してからも、「せっかくだから風呂沸かすか」と言われたが、さすがにやり過ぎだと止めた。シャワーを浴びて部屋に戻れば、ローテーブルの前に陣取った大我に手招きされた。

「ちょっとそこ座れ。で、手を見せろ」

言われた通り、大我の斜向かいに腰を下ろして両手を出す。てっきり指輪を嵌めているか確認されるのかと思ったが、大我は晴臣の右手を摑んで引き寄せた。

「……お前、手が荒れたな」

晴臣の手の甲に親指を滑らせ、大我はしみじみと呟く。

家事で水を使うようになった上に花屋でのバイトも始め、確かに晴臣の手は荒れていた。特に花屋では濡れた手を寒風に晒《さら》すため、手の甲が霜焼けのように赤くなっている。

ぼろぼろになった手を隠そうと腕を引いたが、見越したように手首を摑まれ動けない。

「大丈夫か？　痛いだろ」

尋ねながらも晴臣の手の甲を親指で撫で続ける。むず痒くなるくらい優しい仕草だ。見ている方が恥ずかしくなって、自身の膝頭に視線を落とした。

「だ、大丈夫だ。汚らしく見えるかもしれないが、食事を作るときはきちんと石鹼で洗っているから、清潔だぞ」

「誰もそんな心配してねぇよ。相変わらず見当違いなこと考えてんなぁ」

呆れたように笑い、大我はテーブルの下からドラッグストアのビニール袋を引っぱり出した。今日の帰り際に買ったものらしく、中からジャータイプの容器を取り出す。

「このクリーム塗っとけ。尋常でなく薬草臭いが、肌荒れには覿面《てきめん》に効く」

いったん晴臣の手を離した大我がクリームの蓋を開けると、辺りに青臭くつんとした匂いが広がった。確かにこれは薬草の匂いだ。

うろたえた隙にまた手首を摑まれ、荒れた手の甲にクリームを塗られた。

「もうひとつこれの残念な点は、三分くらい肌にすり込まないと効果がないことだな。目安はクリームの匂いが消えるまでだ」

「……消えるのか、この匂いが」

「不思議なことに消える。そのためにわざわざこんなきつい匂いにしてるんじゃないかと思うくらいだ」

喋っている間も大我は晴臣の手にクリームを塗り続ける。自分でできると手を引こうとしたが放してくれない。

「いつも家事を丸投げにしちまってるから、こういうときぐらい労《いた》わらせてくれ」

「いらん。俺が勝手にやっていることだ。それに……、あまり見られたくない」

手入れもしていない荒れた手など見せたくないのに、大我はためらわず晴臣の手を撫で、さされた指の一本一本にクリームを滑らせる。

「俺は好きだよ。働く人の手だ。お前だって前にそう言ってくれただろ？」

「……俺が？」

「なんだ。忘れたのか」

大我は芝居がかった仕草で、ひでぇ、と肩を落とす。本当になんのことだかわからずに説明を求めると、小芝居をやめて「まあ、随分昔のことだからなぁ」と前置きして話し始めた。

「小四のときだったか」

「本当に随分昔のことじゃないか」

「だからお前が覚えてないのも無理ないな。まだ新学期が始まったばっかりで、自分のクラスメイトの顔もよく覚えてない頃だったと思う」

春休み中、大我はずっと工場の手伝いをしていた。半分は遊びにいっていたと言った方が近い。職人たちも暇を見つけては大我に工場を見せてくれ、普段は近寄ることも許されていない機械に触らせてくれたりした。

機械を弄るのに夢中になって、大我は自分の手が機械油で汚れていくことに気がつかなかった。爪の間や指紋の溝に入り込んだ油は、洗っただけではなかなかとれない。

新学期が始まると、新しく同じクラスになった生徒に早速手の汚れについて尋ねられた。大我が答えるより早く、訳知り顔の生徒が口を挟んでくる。

『こいつ､家が工場なんだって。だからこいつの親父も手が真っ黒なんだ。ほら､去年の運動会で』

『あのとき受付やってたのこいつの親か。あんな手でプログラム配ってるから紙が汚れるんじゃないかって、皆心配してたんだよな』

ＰＴＡ役員だった大我の両親が前年の運動会で受付を担当していたのは本当だ。長年金属に触れてきた大我の父の手は真っ黒で、クラスメイトたちがひそひそと噂し合っていたことも知っている。でもあのときは、こんなふうに面と向かって大我に悪口を浴びせる者はいなかった。

どうしてこんなことを言われなければいけないのだという腹立たしさの下から、自分の親の仕事はこんなふうに他人に嘲笑われるものなのだろうかという不安が噴き出してくる。

何も言い返せない大我の肩をクラスメイトが突き飛ばす。よろめいたら、ちょうど後ろを通りかかった生徒にぶつかった。晴臣だった。

勢い余って転びそうになった晴臣の腕をとっさに摑む。まだ晴臣と口を利いたこともなかった頃だ。怯《おび》えたような目を向けられ、悪い、と謝ってみたものの、それを搔き消すように背後の連中がはやし立てる。

『紫藤、お前の服も汚れたんじゃねぇの？　そいつの手よく見ろよ、汚ねぇぞ！』

晴臣の視線が自分の手に向いて、慌てて摑んでいた腕を離した。

晴臣は自分の腕を見て、それから大我の手を見て、最後に大我の後ろにいたクラスメイトたちに目を向けた。

「あのときお前、なんて言ったか覚えてるか？」

晴臣の手にクリームを塗り込みながら、大我は懐かしそうに目を細める。ここまで言われても晴臣は当時の状況を思い出せず、無言で首を横に振った。

「『汚れてない』って律儀に答えた後、こう言ったんだよ」

大我の後ろにいるクラスメイトに、晴臣は小さいがしっかりとした声で言った。

『汚くもない、働く人の手だよ。一生懸命な手だ』

晴臣は大我を振り返りもせずそう言った。だからきっと、落ち込んだ大我の顔色を読んで庇《かば》ってくれたわけではないだろう。多分、本心からの言葉だった。

あのとき、どうしてか父や工場の人たちの顔が浮かんだ。彼らの手が汚くなどないことは自分が一番よく知っている。

旋盤を器用に扱い、ミリ単位でボルトを動かす働く手。一生懸命な手。

汚れてもなお、自慢の手だ。

「あの言葉が、未だに俺の支えになってる」

大我は晴臣の右手を下ろし、今度は左手を取る。

一向に当時のことを思い出せずされるがままだった晴臣は、左手の甲にクリームを塗られる段になってようやく手を引こうとしたが遅かった。大我は両手で晴臣の手を包み、マッサージでもするようにクリームを塗り込んで放してくれない。

「あのとき、なんでああ言ってくれたんだ？　うちがどんな仕事してるか知ってたのか？」

「いや、知らなかった、と思う。通り過ぎざま、工場という言葉が聞こえた可能性はあるが」

「工場なんてお前の生活圏内から一番遠そうだけどな」

「でも、工場には職人がいるものだろう？　うちにはよく庭師が出入りしていたから、職人の手が黒いのは当たり前だと思ってたんだ」

「ああ、庭師か。なるほどねぇ」

大我が腑に落ちたような顔をする。

晴臣の家の庭は広い。庭木に松など植わっている。季節ごとに職人が入るのが通例で、晴臣はいつも縁側から職人たちの仕事ぶりを見ていた。

「母が育てていた花も、具合が悪くなるとよく面倒を見てくれた。枯れかけた花もしばらくすると息を吹き返すんだ。魔法の手だと思ったな」

「お前だって魔法みたいに花を活けるだろう」

大我にクリームを塗ってもらいながら、晴臣は肩を竦める。

「俺は美しく咲いた花を器に飾っているだけだ。つぼみもつけない花を綺麗に咲かせる職人の方がよほど凄い。真似できないと思った。尊敬してた」

晴臣は職人というものに敬意を払っていた。庭師はもちろん、花器を焼き上げる窯元《かまもと》の職人も、花鋏を作ってくれる職人も。

花鋏を作る工場へは何度か足を運んでいたこともあり、火花の散る現場に熟練の職人がいることも知っていた。彼らは晴臣の鋏の持ち方を見て、しっくりと手に馴染むよう止め金具を調整し、刃を研ぎ直してくれた。微細な調節でも切れ味や使い心地はまるで違ってくる。切り口は鮮やかで、撓《たわ》めの難しい枝が驚くほど素直に晴臣の望む曲線を描いてくれた。

職人の手は尊い。自分のような薄っぺらい手では到底成し得ないことをやってのける手だ。大我を庇ったときのことをよく覚えていないのは普段から思っていたことをごく当たり前に口にしただけだからだ。素直にそう告げると、大我が苦笑と共に肩を落とした。

「こういうの、言った本人は覚えてないもんだよな。言われた方は忘れねぇのに」

「……それを言うならお前だって、俺を庇ってくれたときのことを覚えているのか？」

晴臣だって同じように大我から庇われたことがある。早朝の通学路でクラスメイトに絡まれたときのことだ。もしかしたら忘れているのではないかと思ったが、大我は「覚えてるに決まってんだろ」と不敵に笑った。

「お前に庇われた後だったからな。よく覚えてる。ハンマーでボルト叩いてミリ単位の調整する話だろ？　あの頃はまだお前とあんまり仲良くなかったから、紫藤家のお坊ちゃんの手を職人の手と同列に扱っても慰めにならねぇかな、なんて心配したのも覚えてる」

「……俺は嬉しかった」

「みたいだな。職人に憧れ抱いてたなんて意外だったが」

大我が当時の会話を鮮明に覚えていることの方が晴臣にとっては意外だ。あの頃はまだほとんどまともに口を利いていなかったのに。

大我は最後に晴臣の左手を両手で挟み、クリームを塗った手の甲を軽く叩く。

「お前こそ、あのとき俺に花束押しつけてきたこと思い出したか？」

「……そう言えば、前もそんなことを言ってたな」

「やっぱり思い出せねぇか。あれもお前にとっちゃ大したことじゃなかったのかなぁ」

「いや、あのときは……」

大我への恋心をおぼろに自覚した直後だったのだ。気が動転して記憶が曖昧なのも仕方がない。

だが大我は未だにそのときの状況を忘れていないようだし、何か気に障るようなことでもしてしまったのだろうか。

「まさか、花に棘でもあったか？」

「いや、全然」

「だったら、予想外に重かったか？　服が濡れたとか」

大我は声を立てずに笑うと、片手を伸ばしてぐしゃぐしゃと晴臣の頭を撫でた。

「思い出せないなら俺だけの秘密にしとく」

言うが早いか立ち上がり、「俺も風呂入ってくる」と脱衣所の向こうへ消えてしまう。

晴臣はシャワーの音を聞きながら当時の状況を思い返してみるが、どうやって大我に花を渡したのかは一向に思い出せない。

室内には、微かに残る薬草臭いクリームの匂いが漂うばかりだった。

土曜日に指輪を買って指に嵌め、日曜日も朝から晩までつけっぱなしで、月曜日も外すことなく、大我は指輪をしたまま仕事へ出かけた。

玄関先まで大我を見送った後、晴臣はしみじみと自身の左手で光る指輪を眺める。

今日はバイトが休みだが、豆腐屋におからをもらいに行ったり月曜特売の肉屋へ行ったりしなければいけないので忙しい。たまった洗濯物も干さなければ。けれど指輪に見入って動けない。

玄関先に立ったまま、右手でそっと指輪を撫でる。たった今、大我の指にも同じ物が光っているのだと思うと嬉しかった。

ひっそりと笑みを浮かべていると、前触れもなく玄関のチャイムが鳴った。

晴臣は夢から覚めたような顔で扉に近寄り、ドアスコープを覗いて息を呑む。アパートの廊下に仏頂面で立っていたのが、兄の清雅だったからだ。

思いがけない来訪者に慌てふためいて扉を開けると、清雅は押し殺した声で「久しぶりだな」と言った。言葉の途中で晴臣の全身に視線を走らせたのは、晴臣が見慣れぬ服を着ていたからだろう。自宅にいた頃は和装で過ごしていた晴臣だが、今はジーンズにトレーナーという動きやすい服装だ。対する清雅は鉄紺の結城紬に同色の羽織を着ている。

清雅は眼鏡を押し上げ、嘆息交じりに呟いた。

「まったく、大学生の頃だってそんな安っぽい格好はしていなかっただろうに……」

「でもこれ、動きやすくて暖かいんですよ。裏が起毛になっていて」

とっさに反駁《はんばく》してしまってから、一ヶ月ぶりに会うのに話す内容ではないと気がついた。まずは上がるよう促せば、清雅も無言で室内に入ってくる。連れはいないようだ。

清雅を奥の部屋へ通した晴臣は、コンロで湯を沸かしながらちらりと兄の様子を窺う。

そのうち家族の誰かが迎えにくるだろうとは思っていたが、やって来たのが清雅ひとりというのが意外だった。晴臣を実家から追い出したのは、実質清雅のようなものなのに。

湯が沸くと急須で茶を淹れ、残りの湯は魔法瓶に移し替えた。茶請けの用意はなく、湯呑だけ持って奥の部屋へ向かう。

ローテーブルの前に端座した晴臣は、テーブルの上に置かれた花をじっと見ていた。

昨日、大我とスーパーに買い物へ行った帰りに摘んできたハナニラだ。胡椒《こしょう》の空き瓶を花器の代わりにして、近くに生えていた名前も知らない草と一緒に挿している。

生け花とも呼べない代物《しろもの》だが、清雅の目にはどう映るだろう。薄青い花びらを広げたハナニラの清楚な佇まいを気に入ってくれればいいなと思う。

「お茶請けの用意もなくてすみません」

テーブルに湯呑を置くと、ようやく清雅がこちらを見た。口を開きかけたが、晴臣の手を見て素早く閉ざす。指輪に気づいたようだ。喉の奥で低く唸り、耐え切れなくなったように晴臣から目を逸らした。

「財布もカードも忘れていったくせに、随分長くここに居座っているものだな」

「大我に養ってもらっていますから」

「その言い方は正しいのか？　最近、お前もアルバイトを始めたんだろう」

明後日の方向を向いたまま清雅が呟く。そんなことまで知られていることに驚いた。まさか遠くから監視でもしていたのだろうか。黙り込めば、清雅がゆっくりとこちらを振り返った。

「帰りたいなら、そう言ってくれても構わんぞ。こんな生活辛いだろう」

清雅の表情には嫌悪も怒りもなかった。晴臣を実家から追い立てたときの激昂が嘘のように凪《な》いでいる。晴臣が「帰りたい」と言えば、このまま黙って連れ帰ってくれそうな雰囲気だ。

晴臣はそんな兄の顔を目に焼きつけるように見詰め、静かに首を横に振った。

「いいえ。今、とても幸せです」

清雅は眉間に深い皺を寄せ、失望したような表情で晴臣から顔を背けた。

「毎日スーパーを回って腐りかけた食材を買いあさり、花屋で最低賃金の給料をもらって、そんなふうに手をあかぎれだらけにしているのにか？」

やはり清雅はどこかから自分を監視していたらしい。大方、興信所でも使ったのだろう。弟の動向を見守るために無駄な出費をしたものだと呆れつつ兄の言葉を訂正する。

「腐りかけた食材ではなく、見切り品と言うんです」

「嘆かわしい。紫藤家の次男ともあろうものがそんな益体もない知識まで身につけて」

「学習したと言ってください」

「花屋の仕事だってほとんどが雑用じゃないか。掃除をしたりバケツの水を替えたり。お前がいるのにあのヒョロヒョロした店長がブーケを作るとは何事だ？　店長はお前の素性を知ってるんだろうな」

「言ってません。それにブーケなら店長の方が上手に作ります」

「馬鹿言うな！　お前は光月流の一級師範だぞ！」

声を荒らげ、清雅はテーブルの上のハナニラを指さす。

「お前はどうしてそう無欲なんだ。こんな雑草じゃなく、きちんとした花を活けたいとは思わないのか？　狭いアパートでなく、もっと大きな舞台で花を活けてみたいとは思わないのか！」

これにも晴臣は首を横に振る。そもそも花を活ける場所や規模を気にしたことはない。

「思いません。本当に充実しているんです」

清雅はぐぅっと声を詰まらせたものの、すぐに脱力して弱々しい溜息をついた。

「……お前がどこまで本気で言っているのかわからん。本当にこのまま家を出るつもりか？　携帯に連絡をしてもつながらないし……」

「携帯なら、家に忘れたままですが」

俯いていた清雅の体がピクリと揺れる。と思ったら勢いよく顔を上げて晴臣に詰め寄ってきた。

「家に⁉　どこにあるんだ！」

「多分、離れのどこかに……」

「電源を落としていたのは単に電池が切れただけか？　怒って無視をしていたわけじゃなかったんだな⁉」

清雅の勢いに戸惑いながらも頷き返す。今回の件で自分が怒る理由はない。

仏頂面だった清雅の表情がほっとしたように緩んだ。けれどそれはすぐに元の無表情に戻り、澄ました態度で居住まいを正す。

「それで、お前はいつまでここにいるつもりだ？」

そのうち帰るのだろう、とでも続きそうな口調だ。明らかに態度に余裕が出た。晴臣が電話に出ないことをよほど重く見ていたのかもしれない。

肩から力を抜いた様子で、清雅はテーブルに放置されていた湯呑に手を伸ばす。

「お前と山内工場の倅に接点などないことくらい、父さんと母さんもわかってるんだぞ」

「……家族に内密でつき合いを続けていた、とは思わないんですか？」

少し硬い声で問い返せば、清雅がわずかに口元を緩めた。

「そんなに見合いが嫌だったか。あの話ならもう断った。こんな安普請のアパートに身を潜めている理由もない。それともまさか、この先一生あいつの世話になるつもりか？」

「こ……断ったんですか、もう」

本来喜ぶべきところなのに、うろたえて声が小さくなってしまった。

見合いを断るという大義名分がなくなってしまえば、ここにい続ける理由はない。大我だってまさか一生晴臣と同居し続ける気はないだろう。

「そもそもあの坊主はどうしてここまでしてくれるんだ？　中学を卒業して以来、ろくに顔も合わせていなかったんだろう？」

うっかり頷いてしまいそうになり慌てて背筋を伸ばした。しかし清雅は晴臣の反応など見てもおらず、独白のような口調で続ける。

「俺に対する当てつけ、という理由だけでは納得がいかないな。それほど親切なようにも見えん。実家を捨てて上京したんだ。情に厚いタイプでもないだろう」

「大我は優しいです」

「そう思わされてるだけじゃないのか？　お前だってあいつがここまで手厚くしてくれる理由がわからなくて戸惑ったこともあるだろう。他に理由は聞いていないのか？」

理路整然と問い質《ただ》されて、恋人同士だからと言い通すだけの気力が萎えた。清雅はすっかり晴臣と大我の関係を見抜いてしまっているし、言い分も筋が通っている。晴臣は迷いながらも問いに答えた。

「……昔の礼、と言われたことならあります」

「なんの礼だ？」

学生時代に警察から大我を庇ったことを伝えると「あんな奴の共犯になるな」と露骨に顔を顰《しか》められてしまった。

「だがなぁ、それだけでここまでするものか？」

清雅は納得のいかない顔で顎を撫でる。

晴臣だって同じ疑問は抱いていた。だが降って湧いた僥倖に目が眩んで深く考えることを放棄していたのだ。考えれば考えるほど、大我がここまでしてくれる理由などないことがわかってしまう。

戸惑い顔の晴臣に気づいて、よし、と清雅が膝を叩いた。

「それはこっちで調べておく。お前はどうする。このまま一緒に帰るか？」

「さすがに同居人に何も言わずに姿をくらませるのは道理に悖《もと》るか？　なら数日猶予をやろう。あいつとはきっちり話をつけておけ」

「いえ、俺は……」

一方的に話を終えると、清雅は「邪魔したな」と言い置いて立ち上がる。話は済んだとばかり玄関先へ向かう清雅を慌てて追いかけると、清雅はこちらに背を向けたまま言った。

「このまま力尽くでお前を家に連れ戻すのは簡単だ。だが、できればお前には、自分の意志で家に帰ってきてほしいと思ってる」

それだけ言い残し、清雅は部屋を出ていった。

取り残された晴臣は困惑するしかない。実家を出た当初、清雅は自分を疎んでいるのではないかと疑っていた。突然見合いの話を持ってきて、晴臣を婿養子にでもして追い出すつもりではないかと。

しかし清雅は晴臣が家を出た後もずっとこちらの生活を見守ってくれていた。監視していた、とも言えるかもしれないが、短い会話の中でも案じてくれていたのはわかった。その上家に帰ってきてほしいようなことまで言う。

兄の真意がわからず、晴臣は玄関先に立ち尽くすことしかできなかった。

その夜、大我が仕事から帰ってくると、晴臣は真っ先に兄が部屋を訪れたことを告げた。

大我は片足だけ中途半端に靴を脱いで勢いよく晴臣を振り返る。

「あいつ来たのか！　え、もう帰ったんだよな⁉　お前よく連れ戻されなかったな！」

「無理強いはしたくないらしい」

大我は苦々し気に顔を歪め、よく言う、と吐き捨てた。

「他には何か言ってたか？」

うん、と晴臣は頷いて、腹の前で組んだ手を落ち着きなく組み替えた。

「いつまでここにいるつもりだ、と言われた。一生大我の世話になるわけにもいかないだろう、と。確かに……ずっと俺がここにいたら、お前の迷惑だろうから」

ようやく両方の靴を脱いだ大我は、家に上がるなり晴臣を抱きしめた。ただいまのハグだ。

大分慣れたつもりでいたが、今日は胸の奥を押し潰されるような気分になった。外から帰ってきた大我は夜の匂いをまとっていて、この匂いをいつまで覚えていられるだろうと無意識に考えて目の奥が熱くなる。

大我は晴臣を抱きしめたまま、幼い子供にそうするように優しく背中を叩いてくれた。

「別に迷惑じゃない。お前の気が済むまで、いつまでだっていてくれて構わないぞ」

大我の肩口に顔を埋め、晴臣は無言で頷く。気が済むまでいてもいい、ということは、気が済んだら出て行かなくてはいけないということだ。早く心を決めなくては。

遠からず兄は再びこの部屋に来るだろう。そのときまでに見合いの話がなくなったことを大我に伝えなければいけない。さすがの大我も、だったらもう家に帰った方がいいと切り出すに違いない。

そんなことはわかり切っていたのに、口から不要な言葉が転がり落ちる。

「……もう、地元には帰りたくないと言ったら、どうする？」

本気で思ったわけではない。この生活に対する未練が断ち切れずに漏れた世迷言だ。

けれど大我は、晴臣の想像を超えてこの言葉を重く受け止めてしまったらしい。晴臣の肩を摑むと後ろに下がらせ、長身を屈めて顔を覗き込んでくる。

「どうした。地元で何か嫌な目に遭ってるのか？　それとも紫藤の家で何かあったのか？」

「あ、いや、そういうわけでは……」

「俺はしばらく地元に戻ってないからあっちで何が起こってるかよくわからん。何かあったのなら言ってくれ。力になれるなら、なんだって」

「違う、そういうことじゃない。もしもの話だ。その……冗談だ」

そうか、とほっとしたように大我は息を吐く。予想外に親身になってくれる大我を見たら、やはりもうこれ以上は無理だと思った。

こうして大我の側にい続けたら、この優しさに慣れきって離れられなくなってしまう。嘘をついてでもここに居座ろうとする自分の姿も見えてしまい、晴臣は自己嫌悪の溜息をついた。

一ヶ月も一緒に暮らすと、他人同士でも大体の生活習慣というものが決まってくる。

夕食を食べ、シャワーを浴びたら、テレビを眺めてのんびり過ごし、どちらからともなく床に入って、最後に眠る方が部屋の灯りを落とす。晴臣と大我はそういう流れで一日を終える。晴臣は寝つきがいい方で、大抵は大我より先に眠ってしまう。その上眠りが深いので朝まで目覚めることはない。

けれど、その晩に限って真夜中に目が覚めた。兄が部屋に来て、大我との生活に終わりが見えて心がざわついていたせいかもしれない。浅い夢を見ていた。ラジオに耳を傾ける夢だ。

薄暗い部屋で目を覚ました晴臣は、瞼《まぶた》を開けてもなおラジオの声が続いていることに気づいて目を瞬かせた。夢ではない。現実の声だ。床を見れば寝袋の中に大我の姿はなく、廊下で誰かと電話をしているらしい。

灯りの落ちた室内は静かだ。時計の針の音すら大きく響く。ドア一枚隔てた廊下で喋る大我の声も、聞く気がなくとも耳に滑り込んできてしまう。

「……ああ、どうにかする。……今やってる」

誰と喋っているのだろう。敬語ではないところを見ると、相手は家族や友人か。それにしては声が尖《とが》っている。諍《いさか》いか。じれったそうな舌打ちが続く。

「わかってるよ、急ぐ。これだけ長いこと口説いてるんだ、きっと……。仕方ないだろ、今更焦ったって……。……だから、もう少し待ってくれ」

片方の言葉しか拾えない一方通行の会話は、その内容を推測するのが難しい。

しばらくすると声が途切れた。通話が終わったようだ。部屋に大我が戻ってくる。深々とした溜息をついて携帯電話を放り投げ、寝袋の中へ潜り込んだ。

迷った末、晴臣は小さな声で「大我」と呼びかけた。

寝袋のファスナーを上げかけていた大我がこちらを見る。驚いたような顔だ。晴臣はベッドに横たわったまま、「どうした？」と声をかけた。

大我は体を起こすと、きまり悪そうに晴臣から顔を背けた。

「ちょっと電話をな……。悪い、起こしたか」

「何かあったのか？」

「大したことじゃ……」

「話してくれ、夫婦だろう」

意識はしっかりしていたものの、起きがけのせいか妙に眠たそうな声になってしまった。あるいはしっかりしていたつもりで寝ぼけていたのかもしれない。夫婦という単語を使うのにも躊躇がなかった。

大我は軽く目を瞠ってから、気が抜けたように笑い崩れる。寝袋を抜け出してベッドに近づくと、マットレスの端に肘をついて晴臣の顔を覗き込んだ。

「親父からだ。ちょっと工場がごたついててな」

「……トラブルか？」

「そんなところだ。資金繰りも苦しいらしくて愚痴を聞かされた」

大我が晴臣の髪を一房すくい上げ、指の間をさらさらと髪が落ちていく。繰り返される単調な動作は心地よく、うっとりと目を閉じた。

「実家とは、まだ連絡を取り合ってるのか……。もしかして、お前がこうして東京で働いているのは実家に仕送りをするためか？」

「仕送りとはまた古風な言葉だな。別に、出稼ぎに来てるわけじゃない」

「だったら、どうして……」

　上京しても大我は町工場のようなところで働いている。ならば実家を継いでも良さそうなものを、なぜ上京したのか。兄は大我が実家を捨てたと言っていたが、そんな薄情なことができる人物とも思えない。機械油で汚れた父親の手を、自慢の手だと言っていた。

　考えているうちに本当にうとうとしてきてしまった。晴臣の髪を撫でていた大我の指が止まる。

「なあ……もしも俺が……」

闇の中、低い声で大我が何か言った。

　一瞬の睡魔に足をすくわれ最後の言葉を聞き逃した。何か質問されたような気もするが、なんだろう。無理やり目を開ければ、困ったような顔で笑う大我の顔がすぐそこにあった。

「なんでもない。寝よう」

　晴臣は眉を寄せる。聞き逃してしまった言葉が気になった。なんと言ったんだ、と尋ねたつもりが、子供がむずかるような声しか出ない。期せずして、離れていく手を引き留めるようなタイミングになってしまって大我に笑われる。

「お休みのキスでもしてやろうか？」

うん、と返事をしてしまった。

どうせこの生活は長く続かない。大我の側で眠れるのもあと少しだ。だったら最後にキスのひとつもしてほしい。そんなことを口の中で呟きながら眠りの底に引き落とされる。

夢うつつで、頬に柔らかなものが触れた気がした。晴臣はすぐさまそれを夢だと結論づける。現実に大我の唇が降ってくるわけがない。

最初から誰も騙せてなどいなかった。兄だって気づいていたではないか。

色々と理由をつけてみたところで、大我と自分は決して本物の恋人同士にはなれないのだ。

大我のアパートにやってきたのは一月も終わりに近い厳寒の頃だったが、あっという間に二月になり、いよいよ暦は三月に入った。

晴臣は着々とおからともやしと鶏むね肉のレパートリーを増やしていった。スーパーや商店街でも顔馴染みになり、タイムセールで毎回顔を合わせる客とは今日のおかずを相談し合う仲にまでなった。

アルバイトも続けている。店長は出産間近の妻の見舞いに忙しく、最近店番を任されることが多い。その上晴臣の作るブーケが話題になって、土日の客足が伸びているらしい。晴臣はいないと告げると何も買わずに帰ってしまう客もいるそうで、急遽《きゅうきょ》出勤日数を増やすことになった。

清雅が部屋を訪ねてきた直後から店が忙しくなって、開店から閉店までフルタイムで七連勤したところで店長から「子供が生まれた！」と報告を受けた。

「帝王切開した妻の体が心配なのでしばらく店は閉めます。戻りはいつになるか確約できないので、アルバイトはいったんここまでにしてもらっていいですか？」

申し訳なさそうな顔で店長にそう言われたときは、むしろようやく休めるとほっとした。早々に店を閉めた店長に挨拶をしてアパートへ戻る。さすがに疲れてコートも脱がずベッドへ倒れ込んだ。横目でカレンダーを見ると、兄がアパートを訪れてから一週間が過ぎていた。

晴臣は枕に顔を埋めて溜息をつく。この一週間、忙しさを言い訳にして、見合いの話がなくなったことを大我に伝えていなかった。さすがにもう言わなくてはと思うのだが、いざ大我と向かい合うと喉に小石が詰まったように声が出なくなる。晴臣の用意した食事を美味そうに頬張る顔など見てしまうとなおさらだ。

最後だからと思うと料理にも気合が入り、コロッケや春巻き、餃子など凝ったものを作ってしまい自ら忙しさに拍車をかけてしまった。我ながら馬鹿げた行為だ。

今日こそ言おう、と自分に言い聞かせて瞼を閉じる。その前に少しだけ休みたかった。二、三日前からやけに体が重い。同じ仕事をしていても、普段より格段に疲労感を覚えるようになった。花鋏すらろくに握れない。

この程度のアルバイトで音を上げていたら大我に呆れられそうで不調のことは黙っていたが、さすがにそろそろ限界だ。今夜の夕食は外で適当に食べてきてもらおう。そんなことをつらつらと考えながら晴臣はまどろむ。さほど深く眠るつもりもなく、うとうとしていたらふいに切迫した声が耳を打った。

「晴臣！　おい、晴臣！」

深い水の底から勢いよく引き上げられるように、急速に意識が浮上する。晴臣は、と短く息を吐いて目を開けると、目の前に大我の顔があった。いつの間に帰っていたのだろう。戻ったばかりなのか上着も脱いでいない。怖いくらい必死の形相だ。

どうした、と尋ねようとしたが、唇が動いただけで声が出ない。

大我は深刻な表情で晴臣の額に手を当てる。ひんやりと冷たい手だった。心地よさに目を細めたが、反対に大我の顔は張り詰めていく。

「お前、熱あるんだろ。いつからだ？」

大我は晴臣を抱き起すと、布団をめくり上げてその中に晴臣を押し込んだ。慌ただしく立ち上がるとどこからか体温計を持ってきて、晴臣の脇に差し入れる。

「帰ってきたら部屋の中が真っ暗で、お前が暖房もつけず寝てたから驚いた。こんな寒い部屋で布団もかけてないし、寝てるんじゃなくて倒れてるんだと思った」

口早にまくしたてて、大我は晴臣の顎の下まで布団を引き上げる。それでも足りないと思ったのか、自分が着ていた上着を布団の上からかけ、エアコンの温度も上げた。

布団の中で電子音が響き、体温計を引き抜いた大我の表情が強張った。

「三十九度超えてるじゃねぇか」

晴臣はパクパクと口を動かす。随分派手に上がったものだな、とのんきな感想を述べたつもりだが、声が出ないので伝わらない。それどころか深刻な顔で口元に耳を寄せられてしまった。

「どうした、どっか苦しいのか？　病院行くか？　でもこんな状態じゃ外も歩けねぇか。それより保険証……の前にもう診察時間外か」

よほどうろたえているのか、いつになく早口だ。

晴臣はじっと大我の顔を見て、目が合うと大きく口を動かし「大丈夫だ」と告げた。大我はそれを正しく読み取ってくれたようだが、「どこが大丈夫だよ……！」と頭を抱えてしまう。

「とりあえず、近くの薬局で薬買ってくる。あとなんだ、粥《かゆ》か？　スポーツドリンクと……わかった、店員に訊く。すぐ戻るから大人しく寝てろ。いいな？」

大我は慌ただしく立ち上がると財布だけ摑んで外へ飛び出してしまう。晴臣の布団に自分の上着をかぶせたままだということも忘れているらしい。その姿を見送り、大したことではないのにな、とむしろ申し訳ない気分で晴臣は思う。

子供の頃から、晴臣は疲労がたまると熱が出やすかった。二十歳を過ぎてからは滅多に発熱しなくなっていたので油断したが、短ければ一晩、長くとも三日も寝込めばけろりと回復してしまう。晴臣の家族なら「早く寝なさい」と言いながら解熱剤をよこしてくれるだけだ。

ほどなくして帰ってきた大我は、大きなレジ袋を手に息を切らして枕元までやって来た。

「薬買ってきたぞ、飲め。先に飯か。薬局のおばちゃんに、食欲がなければとりあえずプリン食わせとけって言われたけど食えそうか？　無理でも飲み込め。最悪薬だけでも」

まだ鼻の頭を赤くしたまま、ベッドに覆いかぶさるようにして晴臣の顔を覗き込む。大変な狼狽ぶりだ。もう一度唇の動きだけで「大丈夫だ」と伝えてみたが取り合ってもらえない。それどころか「三十九度のどこが大丈夫なんだ」と本気で怒られてしまった。

後はもう大我を止める術などない。恥ずかしがる間もないくらい手早く寝間着に着替えさせられ、額に冷却ジェルシートを貼られ、ベッドの端に腰かけた大我に寄りかかるような格好で座らされて、手ずからプリンを食べさせられた。それくらい自分でできると言いたかったが声は掠れて大我に届かない。上手く意思の疎通ができないうちに、プリンをすくったスプーンを口元まで近づけられる。

「食べてくれ、頼むから」

懇願するような表情で言われてしまっては顔を背けることもできない。仕方なしに口を開ければ心底ほっとした顔をされ、二口目も食べざるを得なかった。

薬を飲んで布団に入っても、大我はずっとベッドの側に膝をついて動こうとしなかった。飽きるほど大丈夫だと繰り返してようやくシャワーを浴びさせることはできたが、髪を乾かすのもそこそこにまたベッドに戻ってきてしまう。

「……大丈夫だと言ってるだろう」

ぎりぎり聞き取れるくらいの掠れた声で呟けば、憂い顔を向けられてしまった。

「大丈夫じゃない。熱まだ全然下がってないぞ」

確かに熱は下がらない。目を開けているのも辛いぐらいだ。呼吸が浅くなってしまって苦しい。でももう薬は飲んでいる。あとは眠って回復を待つしかない。こんなふうに手厚く看護してくれ

なくとも大丈夫だと言いたかったが、上手く言葉にならなかった。

「……すまん」

結局こんな一言しか言えない。自分が勝手に張り切って、疲れて熱を出してしまっただけなのに、大我にいらぬ心配をさせてしまった。もう夜も更けてきたというのに、大我は寝袋に入ろうともしない。

大我は緩く笑って晴臣の髪を撫でる。

「気にすんな、夫婦だろ」

いつもの軽口だ。晴臣の気持ちを軽くするための。

晴臣は腫れぼったい瞼を上下させて考える。大我はどうしてここまでしてくれるのだろう。兄も不思議がっていた。あまりにもやることが徹底し過ぎている。兄に見せつけるためというよりむしろ、晴臣に言い聞かせるように夫婦だと繰り返す。

おかしいのではないか、と思った。

いつもなら思わない。いや、本当はずっと思っていた。でも考えない振りをしていた。どんな理由であれ、大我の側にいられればそれ以上に望むものなどなかった。一時の幸福だと思えばなおのこと、下手な勘繰りをしてこの時間を壊したくなどない。

——どうせ終わるのだ。長引かせようとして何が悪い。

「晴臣？」

名前を呼ばれてふっと意識が戻る。一瞬だけ眠っていたらしい。意識を飛ばしたと言った方が近いか。その合間に、己の本心を垣間見た。

大我の厚意に醜くしがみつく、あれが晴臣の本音だ。

さすがに潮時だと思った。熱が下がったら大我に見合いがなくなったことを打ち明けよう。これ以上側にいたら、自分はもっとみっともなく大我に取りすがってしまう。

熱で滲む視界の中、晴臣は雑多な思考を蹴り出してわずかに布団を上げた。

「だったら、一緒に寝てくれ。……夫婦だから」

最後と思えばこんな言葉も平気で口にできた。

いくら『夫婦』という言葉を強調してもさすがにベッドの中にまでは入ってこないかと思ったが、大我は苦笑してベッドに乗り上がってくる。

「熱で心細いか」

「……ああ」

「でも狭いだろ。寝にくくないか？」

「大丈夫だ」

「お前の大丈夫は全く信用ならない」

晴臣を壁際に寄せて部屋の灯りを落とした大我は、嫌がりもせず晴臣と向かい合って横になる。

ベッドは狭いので必然的に体が密着した。

熱で朦朧《もうろう》としている晴臣には、この状況に動揺するだけの気力もない。

男同士で嫌ではないのだろうか。まさか大我も同性愛者かと疑ったが、地元にいた頃小耳に挟んだ噂では、高校時代は彼女をとっかえひっかえしていたと聞く。異性愛者で間違いない。

大我は黙って晴臣の顔を見ている。嫌悪も興奮もない穏やかな表情だ。純粋に看護の延長で晴臣に添い寝をしているのかもしれない。

いっそキスでもしてみようか。熱のせいで常識の枠が微妙に拡大して、それくらい冗談で済まされるのではないかと思えた。そこまですれば大我も態度をはっきりさせるだろう。

どんな反応が返ってきたところで熱のせいだと言い訳できる。重たい体を無理やり動かして顔を近づけようとしたが、わずかに身じろぎしただけで大我は素早く反応する。

「……どうした？」

暗がりに響く声は底なしに優しかった。それだけで、『どうせ終わるなら』という捨て鉢な気分を砕かれた。どうせ終わるからこそ、最後に嫌な思いはさせたくない。

晴臣は体を引き、布団の奥からずるずると左手を引っ張り出す。指輪を嵌めた手を大我に伸ばすと、大我も晴臣の手を取ってくれた。

「まだ熱いな」

大我は躊躇なく晴臣の手を握る。これ以上に何を望めばいいだろう。

「……大我」

名前を呼べば視線で応えてくれる。手をつないだまま、指先で薬指の指輪を撫でられた。

大我、ともう一度名前を呼んだ。きっともう、本人に向かってこの名を呼ぶことはあと何回もない。浅い眠りに落ちるまで、晴臣は何度も大我を呼ぶ。

大我からもときどき短い返事がある。おう、なんだ、うん、いるよ、と飽きもせず。

晴臣は繰り返し大我の名を呼ぶ。

好きだ、の代わりに、何度も何度も。

何も知らない大我が笑顔で、うん、と頷いてくれて、想いに応えてもらえた気分になる。自己満足だと知りつつも嬉しくなって、発熱の苦痛もひととき忘れ、晴臣は安らいだ心地で眠りについた。

翌日、目を覚ますとすでに大我は起きていて、床に膝をつき晴臣の顔を覗き込んでいた。だから大我が一晩中隣で眠ってくれていたのか、晴臣が寝入ったのを見計らって寝袋に戻ったのかはわからない。どちらにしろ幸福な夜を過ごしたものだと思いながら、大我から体温計を受け取って脇に挟む。熱は三十八度まで落ちていた。

「大分落ち着いた」

「どこがだ、三十八度だって高熱だぞ」

しかめっ面の大我から壁時計に視線を移す。そろそろ大我が出勤する時間だ。

「もう出た方がいいんじゃないか？　遅刻する」

「お前を置いて行けって言うのか」

「言う。側にいてもらったところで早く熱が下がるわけじゃない」

「ようやくまともに声が出るようになったと思ったら可愛くないこと言いやがって……」

わざと可愛げのないことを言って出勤を促しているというのに、大我は後ろ髪を引かれるような顔でなかなか家を出ようとしない。

「大丈夫だ、お前が帰ってくる頃には平熱に戻ってる」

「お前の大丈夫は信じられん」

「馬鹿なこと言ってないで早く行け。お前がいなくても薬ぐらい飲める」

布団の中から手を振り「いってらっしゃい」と言ってやれば、ようやく大我も立ち上がる。

「なるべく早く帰る。絶対大人しくしてろよ」

強い口調でそう言い残して、やっとのことで家を出た。

部屋の中が静かになって、晴臣は布団を肩の上まで引き上げた。まだ体の芯に熱が残っているものの、昨日と比べれば大分ましだ。大我が帰ってくる頃には熱も引いているだろう。

寝返りを打ち、今日こそ見合いのことを言わなければ、と思った。明日にでも荷物をまとめてこの部屋を出よう。きちんと礼を言って、相応の謝礼も用意する。大我は断るだろうが、受け取ってもらわないことには晴臣の気が済まない。

そんなことを考えてうつらうつらしていたら、玄関のチャイムが鳴った。

まどろみから覚め、布団の中で緩慢な瞬きをする。一瞬だけ眠ったような気がしたが、熱のせいか体感時間が曖昧だ。布団から顔を出して時計を見ればすでに昼近かった。思った以上に寝入っていたらしい。

少し汗をかいたようだ。着替えるべく体を起こすと再びチャイムが鳴った。起きたついでに玄関に向かい、ドアスコープを覗いたところでもう一度チャイムが鳴る。出てくるまで断固帰らない、と主張するように外でチャイムを押し続けていたのは、清雅だった。

寝間着のまま扉を開けると、不機嫌そうに廊下に立っていた清雅の表情が一変した。

「晴臣、お前また熱を出したな？　仕事で無理をしたんだろう」

さすが、長く一緒に暮らしているだけあって一目で正しく晴臣の状況を見抜いてしまう。こちらの体調を慮《おもんぱか》る表情で、「大丈夫なのか」と晴臣の肩を支えてきた。

「大丈夫です、熱は引いてきたところなので」

「そうやって気を抜くとまたぶり返すぞ。なんだ、汗をかいてるじゃないか。着替えてこい」

清雅は晴臣の手を引いて奥の部屋へ行くと、テーブルの前にどかりと腰を下ろして用件を先送りにした。兄を放っておくのは気が引けたが、話が進まないので晴臣も着替えを済ませる。

晴臣がテーブルに着くと、清雅は前置きもなく切り出した。

「あの男がお前に親切にする理由がわかった。恩返しか利用、どちらかだ」

言われたもののどちらも身に覚えがない。黙り込めば、清雅に厳しい目で睨まれた。

「あの男、どうしてお前をここに置いてくれると言ったんだ？　俺をやり込める以外の理由で」

「……昔の礼、と言っていました」

「そうだ。それが気になって少し山内工場の身辺を調べた。あそこの工場長と父さんは昔から顔馴染みだからな。父さんにも工場のことを訊いてみたら、十年ほど前に山内工場が倒産しかけていたことがわかった」

十年前というと海外の投資銀行が経営破綻して、その余波で世界規模の金融危機が発生した頃だ。銀行が企業への資金を貸し渋り、幾つもの会社が倒産した。大我の工場もその煽りを食らったらしい。

ちょうど大口の依頼があって設備投資したばかりということもあり、工場は存続の危機に立たされていた。そこに手を差し伸べたのが晴臣の父だったそうだ。

「父さんもお人好しだからな。昔馴染の工場長に泣きつかれて放っておけず、銀行に口利きをしたらしい。それでなんとか金を工面して倒産を免れたそうだ」

知らなかったか、と水を向けられ、晴臣は無言で頷く。一緒に暮らすようになってからも、大我から実家の工場が倒産しかけた話など聞いていない。

清雅は着物の袖の下で腕を組み、重々しい声で告げる。

「あのときの恩返しをしているつもりなのかもしれない。でなければ、もう一度うちから銀行に口を利いてもらえないか画策しているかのどちらかだ」

「……もう一度？」

「俺も銀行に知り合いがいる。調べてもらったら山内工場は今もかなり経営が苦しいらしい。来年度の融資も受けられるかどうか微妙な線だそうだ」

晴臣は鋭く息を呑む。その顔色を窺いながら、清雅はさらに声を低くした。

「あいつから、何か言われたことはないか？　実家の経営が苦しいとか」

いえ、と首を横に振りかけ、晴臣は動きを止める。

いつだったか、真夜中に大我が実家と電話をしていたことがあった。あのとき工場の資金繰りが苦しいとこぼしていなかっただろうか。会話の途中で妙な沈黙が流れたことを覚えている。もしも俺が、と呟いた後、大我はなんと言ったのだろう。あの続きが今になって気になる。もしかすると、銀行に口を利いてくれるよう切り出そうとしていたのではないか。

もしも俺が、力になってくれって言ったら、どうする。

そんなふうに言われたら、自分は大我の申し出を断れただろうか。

黙り込んだ晴臣の顔を見詰め、清雅は焦れた声音で続けた。

「よく考えてみろ、ただの善意でここまでしてくれるわけがない。お前にさんざん恩を売っておいて、あいつの申し出を断れない状況に追い込むつもりじゃないかと思うと心配だ」

大我に限ってそれはない、と言い返したかったが声が出なかった。疑いたくなどないのに、大我が真夜中にかけていた電話を思い出してしまう。わざわざ晴臣が眠っている時間を見計らったような深夜に、廊下から漏れ聞こえてきた低い声。「今やってる」とか「これだけ長いこと口説いてるんだ」とか、妙なセリフが続くので目が冴えてしまったことまで思い出した。

口説くとはなんだ。一体誰を。口説かれていたのは――まさか晴臣か。

ここにきて初めて、自分の恋心は大我にばれていたのかもしれないと思った。大我もそれにつけ込むつもりで部屋に上げてくれたのではないか。

晴臣だってずっと疑問に思っていたはずだ。もう何年も顔を合わせていなかった友人を、なんの見返りも求めず匿ってくれるなんて親切が過ぎると。

目の前にぼぅっと霞がかかる。また熱が上がってきたようだ。ぐらつきそうになる体を必死で起こしていると、清雅が追い打ちをかけてきた。

「山内工場は昨日からシャッターを閉めてる。遠目にちらりと見たら、しばらく休むと貼り紙が出ていた。いよいよ従業員に払う給料も危うくなって、臨時休業でもしたんじゃないか」

そこまで危ういのかと青ざめて、晴臣は清雅の顔を振り仰ぐ。幼い頃からの倣いで、年の離れた兄にすがるような視線を向けてしまった。清雅はそれを当たり前の顔で受け止めて頷く。

「もう帰ってこい。取り返しがつかなくなる前に」

すっかり晴臣を許している声だった。見合いの話を蹴ったことも、見え透いた嘘をついて家を出たことも、清雅はもう気にしていない。いつだって力強く晴臣の手を引っ張ってきた兄の手に何もかも委ねてしまいそうになって、晴臣は膝の上できつく拳を握った。

「でも、もしも兄さんの言っていることが本当なら、大我は今、凄く困ってるはずです。このまま黙っていなくなることなんて、できません」

「だったら俺から銀行に口を利いてやる。お前が帰ってくるのならすぐにでも話をつける。この数ヶ月宿を借りた礼なら、それで十分果たせるだろう」

今度こそ心がぐらついた。晴臣の顔色が変わったのを見逃さず清雅は続ける。

「お前がここにいたところで何ができる。慰めてやっても状況は変わらん。だったら一刻も早く銀行の融資を受けられるよう手配すべきじゃないのか。追い詰められて、闇金に手を出してからじゃ遅いぞ」

清雅の言うことはもっともだ。返す言葉も見つからない。

視界がぼける。頭がぐらぐらと重い。晴臣は長いこと自身の手を見詰め、ようやくのことで顔を上げた。

「一晩、待ってください。きちんと大我にお礼を言ったら、家に戻ります」

清雅はあからさまにほっとしたような顔をして、着物の懐から携帯電話を取り出した。晴臣が実家に忘れていってしまったものだ。

「連絡をくれればすぐ迎えにいく。まだ体調が万全じゃないいんだろう。無理はするなよ」

それだけ言い置いて、清雅はアパートを出ていった。

玄関先まで清雅を見送ると、晴臣はのろのろと部屋に戻ってベッドに腰を下ろした。すっかり熱がぶり返してしまったようで、座っていても上体が不安定に揺れる。無意識に、首からぶら下げていた巾着に服の上から触れていた。

もう何年も手放せなかった恋心がそのまま形になったような、古い造花が入った袋。いよいよこれを手放すときが来たのかもしれない。

服の上から巾着を握りしめたとき、目の端に何かどぎつい配色が映り込んだ。

引き寄せられるように大我の机に目を向ける。昨日大我が買ってきてくれた薬やスポーツドリンク、冷却ジェルシートなどが薬局のレジ袋に入ったまま置かれていた。その下から何かが覗いている。チラシのようだ。赤い紙に、黄色い字で何か書いてある。

熱で潤んだ目で字面をなぞり、晴臣はゆっくりと目を見開いた。闇金のチラシだ。

『追い詰められて、闇金に手を出してからじゃ遅いぞ』などという不穏な言葉を聞いた直後だっただけに胸がざわついた。熱のせいもあっただろう。思考が短絡的になって、胸に津波のような不安が押し寄せる。


チラシはポストに投函されていたものだ。それだけだ。別に大我が直接闇金に行ったわけではない。でもすぐにこれを捨てようとしなかったのはなぜだろう。単純に袋の下に敷いて気がつかなかっただけか。まさかとは思うが、後で連絡をしようとしたのか。

心臓が大きく脈打って吐き気までした。

ありえない。でも大我の実家の工場はシャッターを閉めている。真夜中、父親と電話をしていた大我の声からは焦燥が感じられた。父親に急かされ、急場をしのぐため闇金から金を借りようとしたって不思議ではない。

だが大我の預金通帳には幾許《いくばく》か残高があった。闇金に手を出すくらいならまず預金を空にするはずだ。通帳を見れば何かわかるのではと勢いよく立ち上がり、足を踏み出すと同時に膝が折れた。

足にくるということは思った以上に熱が上がっているということだ。勢いよく床に倒れ込んでからようやくそんなことを自覚する。運悪くローテーブルに胸を強く打ちつけてしまい痛みに息が止まった。床に倒れ込んだまま胸を押さえていたら、玄関の方で物音がした。

一瞬、兄が戻ってきたのかと思った。玄関の外で聞き耳を立てていて、物音を聞きつけたのかと。

しかし部屋に飛び込んできたのは兄ではなく、大我だった。

「おい、どうした⁉」

床に倒れ込んでいる晴臣を発見した大我が足音も荒く駆け寄ってくる。

晴臣は慌ててローテーブルに手をつき立ち上がろうとした。

「なんでもない、ちょっと転んだだけだ。お前こそ、どうしてこんな時間に……」

「昼休みだから戻ってきたんだ。お前、携帯も持ってないから様子がわからなくて心配で」

時計を見れば、昼休みなどもう半分近くが終わっている時間だ。晴臣の顔だけ見てまた職場へとんぼ返りするつもりか。どうしてそこまで、と尋ねようとして、先程テーブルに打ちつけた胸が鈍く痛んだ。

「おい、本当に大丈夫か？　まだ熱もあるんだろ、大人しくベッドに入ってろよ」

大我が手を貸してくれて、晴臣は再びベッドへ戻る。打ちつけた胸をそっとさすり、少し遅れて違和感に気づいた。

いつも首からぶら下げている巾着の感触がない。

息を呑んでベッドから身を乗り出した。つられたように大我も同じ方を見る。

小さな巾着はローテーブルの横に落ちていた。転んだ拍子に巾着の紐が切れてしまったらしい。

晴臣が小学生のとき作った袋だ。慣れない手つきで縫った巾着は縫製も自己流で、市販のそれよりずっともろい。紐が切れた衝撃で巾着の口を縫っていた糸もほつれてしまったようで、中から白い造花が覗いていた。

晴臣は詰めた息を吐くこともできない。蒼白になって大我の表情を窺う。

もう十年以上も前にもらった花だ。大我だって一目見たくらいではそれと気づかないだろう。半ば祈るような気持ちでその横顔を凝視していると、大我もゆっくりとこちらを振り返った。驚いたような顔で晴臣と視線を合わせる。

「あれ、バレンタインのときの……？」

言い当てられて顔から血の気が引いた。絶句したのが返事のようなものだ。

大我は信じられないと言いたげな顔をして、巾着の口から覗く造花を見やる。

「あの巾着……初恋の思い出が入ってるって言ってなかったか？」

大我の声が硬い。振り返った大我と目を合わせることもできず深く俯けば、押し殺したような声が降ってきた。

「お前やっぱり、あのときから……」

どきりとした。やっぱりとはなんだ。自分の恋心はもうあの頃から大我にばれていたということか。恐る恐る視線を上げれば、困惑した表情の大我と視線が交差した。

想いを歓迎されていないことを一瞬で悟り、晴臣はとっさに顔を伏せた。

沈黙が室内を包む。巾着の口から覗く造花はすっかり色褪せて、もう何年も晴臣の手元にあったのは一目瞭然だ。夫婦だ、新婚だと冗談で言うことはできても、本気の恋心を前にしてはさすがの大我も茶化す言葉が出てこないらしい。

しばらく互いに黙り込み、先に動いたのは大我だった。立ち上がり、ぎこちない仕草で腕時計を見る。

「……薬、ちゃんと飲んだか？」

いつもより低い声は感情が窺いにくい。何も言い返せなかったが、大我は返事を促すことなく机の上のレジ袋から風邪薬とスポーツドリンクを出して枕元に置いた。最低限、これくらいは口にしておけということだろう。

「そろそろ、戻るな」

短く言い残して身を翻《ひるがえ》した大我だが、部屋の入り口で足を止めた。ローテーブルの脇に落ちている造花を肩越しに振り返り、ごく小さな溜息をついたのを晴臣は聞き逃さない。

晴臣は顔を上げ、前髪の隙間から大我の横顔を窺い見る。造化を見ていた大我は苦虫を嚙み潰したような顔をして、ふいと花から顔を背けた。

「……ここにいたいんだったら、それはどこかにしまっておいてくれ」

迷惑だ、と言わんばかりの表情と声に、ざっくりと胸の奥を抉《えぐ》られた。返事もできず大我の背中を見送り、玄関の扉が閉まった途端、脱力してベッドに倒れ込んだ。

ローテーブルに打ちつけた胸が鈍く痛む。骨にヒビでも入ったのか息をするだけで辛い。見る間に体温が上がっていくのもわかって、晴臣は痛みを無理やり抑え込んで起き上がった。

これ以上熱が上がればベッドから下りることもできなくなる。それは困る。大我が帰ってくる前にこの部屋を出なければ。

晴臣はふらふらとベッドから立ち上がると、兄が置いていってくれた携帯電話だけ持ってアパートを出た。

本当は、きちんと大我に礼を言いたかった。実家の工場のことも詳しく話を聞きたかった。けれどもう駄目だ。自分の恋心は完全にばれて、きっぱり退けられてしまった。

大我が戻ってくるのを待ってはいけないと思った。次に大我の顔を見たら、多分心が折れてしまう。情けなく泣いて、想いをぶちまけて、ますます大我を困らせるに違いない。

晴臣は熱で朦朧としながらもアパートの最寄り駅まで辿り着いた。現金の持ち合わせはなかったが、携帯電話があれば電子マネーが使える。平日の午後、人の少ない電車に乗り込んだところで力尽き、倒れ込むように座席に身を預けた。

息を弾ませ窓の外を見る。窓からの日差しはすっかり春の陽気だ。電車の心地よい揺れに身を委ねれば、熱に苛《さいな》まれた体がほんの少し楽になった。

深く息を吐くとまだ胸の奥が痛む。本当に骨にヒビが入ったか。意識してゆっくり呼吸を繰り返し、晴臣は静かに目を閉じた。

瞼の裏でぐるぐると光が渦を巻いている。なんだか上手く感情が湧いてこない。大我との別れを惜しむとか、想いがばれたことを恥ずかしく思うとか、受け入れてもらえず悲しむとか、たくさんの感情が溢れそうなものを。

高熱と胸の痛みが感情に蓋をしてしまっているようだ。おかげで存外取り乱すこともなく済んでいるのだから有り難い。

薄く目を開け、最後に見た大我の困惑した表情を思い出した。

大我が新婚ごっこをしてくれたのはどこまでも冗談だったのだと、あの顔を見て痛感した。そんなことはわかっていたつもりだったのに、心のどこかで期待していた自分に辟易《へきえき》する。

清雅の言う通り、大我には何か下心があって晴臣に手を貸したのだろう。こちらの良心につけ込んで銀行から融資が受けられるよう協力させるつもりだったのかもしれない。でもいざ晴臣の恋心を目の当たりにしたら怯んだ。晴臣が本気過ぎたから。

大我からもらった造花を十年以上大事に持っていたのだ。執着が過ぎるのは自分でも自覚している。うっかり手を出したら最後、地獄の果てまで追い回されると危惧したのかもしれない。

ありえる話だ、と小さく笑ったらまた胸が痛んだ。どれほど息を潜めてみても、みしみしと骨に食い込むような痛みは去らない。

もしかするとこれは打撲による痛みではないのかもしれない。晴臣の骨にまで染みついた執着が、大我と離れるのを嫌がって皮膚のすぐ下まで浮いてきたのではないか。

これもありえると唇の端で笑う。熱のせいか、突拍子もない考えもするりと受け入れられた。

あとはもうろくな思考が湧いてこない。ぐったりとシートに凭《もた》れ、目的地に到着するまでひたすら目を閉じる。電車を乗り継ぎ、ようやく実家の前まで戻ったときにはほとんど足を引きずるようにして歩いていた。

自宅の外門を開けたところで力尽きて倒れ、家から出てきた家族が大騒ぎしている声を遠くに聞いた。先に家に戻っていたらしい兄に「なんのために携帯を持たせたと思ってる！　そんなに俺を頼るのが嫌か！」と耳元で怒鳴られたのを最後に意識が途切れる。

それから数日、晴臣は高熱を出して寝込むことになった。枕元で母親にはくどくどと怒られたが、父親だけは「もう晴臣も子供じゃないんだ」ととりなしてくれて有り難かった。

兄は臥せっている晴臣の様子を一度も見にこようとしなかった。相当に怒っているのかと思ったが、あとで母がこっそり「お兄ちゃん、凄く貴方のこと心配してたわよ」と教えてくれた。

胸の打撲は幸い骨にまで達していなかったが、相変わらず息をするだけで鈍く痛んだ。

布団に横たわり、ときどき胸の辺りを撫でてみる。大我の部屋にいる間は常に造花の入った巾着を首から下げていたので、服の下に何もないのが妙に心許ない。

造花は巾着ごと大我の部屋へ置いてきてしまったがどうなっただろう。もう処分されてしまっただろうか。

長年晴臣の机の奥に隠されていた、初恋の思い出。

あれを手放すときがこの恋心と決別するときだと長年思ってきた。こうして思い出の品を手放した今、ようやく大我を諦められる。

そう思ったのに、今度は晴臣の左手に残る指輪が邪魔をする。

薬指に光る銀の指輪を眺め、忘れられる気がしない、と晴臣は密やかな溜息をついた。


晴臣の熱が完全に下がったのは、実家に戻ってから五日後のことだった。

久々に床を出てダイニングに向かう。そこにはすでに朝食を済ませた清雅がおり、入れ替わりに席に着いた晴臣に「食事が終わったら離れに来なさい」と言い残してその場を去った。

今回の件で、兄にはいろいろと迷惑をかけた。叱責されるのは覚悟の上だ。寝間着のまま朝食をとっていた晴臣は、自室で着物に着替えてから離れへ向かった。

離れの一室では清雅が花を活けていた。縞の着物に角帯など締めているところを見ると、今日はこのまま自宅で過ごすつもりらしい。晴臣に気づくと活けたばかりの花を床の間に移し、手早く道具を片づけ始める。

晴臣は清雅の向かいに座り、床の間へ置かれた花を見た。広口の花器に活けられたのは、あかめ柳とアイリスだ。中央に置かれたアイリスはつぼみをやや高く、開花は低めに用い、あかめ柳は緩やかな曲線を描いてアイリスに寄り添っている。あしらいが見事だ。元来の枝ぶりをいかしながらも、美しく風にそよぐ動きをしなやかに表現している。

「あまり見るな。簡単に活けただけだ」

ぶっきらぼうな口調で言って、清雅は道具を傍らに押しのけると一直線に晴臣を見た。晴臣も姿勢を正して清雅と対峙する。

今回は自分のわがままで、大我だけでなく家族にも迷惑をかけてしまった。まずはその謝罪をしようと畳に指をついた晴臣だったが、頭を下げるより先に深々とした溜息をつかれて動きを止めた。何事かと顔を上げれば、清雅が片手で顔を覆っている。

晴臣、と掌の下から低く呼びかけ、清雅は心底疲れ果てた顔で呟いた。

「……お前、兄ちゃんのこと嫌いか？」

とっさに何を言われたのかわからず、晴臣は畳に指をついたまま目を瞬かせる。どういう意味か訊き返すべく口を開けば、言うなとばかり勢いよく手で制された。

「いや、わかってる。当然気にくわないだろうな。その程度の花しか活けられず光月流の次期家元とは片腹痛いとでも思っているんだろう、それくらい俺だってわかってる！」

晴臣が口を挟むのを許さず、清雅は顔を覆う手を下ろすと猛然と言い放った。

「もう二十年も前、お前が初めて花器に花を活けたあの日からわかってるんだ！　幼稚園の頃から、バケツに花を投げ入れただけでもお前がやると不思議と目を惹く取り合わせになるとは思っていたが、まさかあれほどの才能とは思わなかった！　俺がどれほど打ちのめされたか！」

「ま、待ってください、なんの話を……？」

「お前の話に決まってるだろうが！」

怒鳴りつけられて身を硬くした晴臣を見て、清雅は我に返ったように声を落とした。

晴臣自身は覚えていないが、晴臣が初めて花器に花を活けたのは小学校に上がる直前のことだったという。当時すでに中学生だった清雅は、一目見て晴臣の才能を悟った。自分より弟の方が秀でていると肌で感じたそうだ。

その日まで、清雅は自分が光月流の次期当主になると信じて疑っていなかった。幸い花は好きだったし、次期当主たらんと幼い頃から厳しい稽古にも励んできた。周囲も「清雅君がいるなら光月流は安泰だ」と太鼓判を捺してくれて、すっかりその気になっていた。

しかし晴臣の花を見て、初めてその思いがぐらついた。光月流を継ぐべきなのは、自分ではなく晴臣ではないかと迷いが出たのだ。

とはいえ、清雅にとって家元になることは子供の頃からの憧れだ。周囲に心中を打ち明けられぬまま高校を卒業し、その頃になると親族たちは清雅を正式に次期当主として扱うようになった。晴臣はまだ小学四年生で、幼い弟が清雅と同等の力量で花を活けるなど思いもしない。

弟の花も見て下さい、と周囲に言うべきか迷った。

けれど結局言い出せなかった。晴臣の花と自分の花を並べてしまえばその差は歴然としている。自分は当主になれなくなる。十代の清雅にその事実は耐えがたく、口をつぐんで次期当主の座に収まった。

呆然と話を聞いていた晴臣に、清雅は自嘲めいた笑みを漏らす。

「幻滅しただろう。俺はお前の立場を奪ったんだ。その上、お前が文句を言わないのをいいことに地元のカルチャーセンターだの華道教室だの任せきりにして、大きな舞台からお前を遠ざけた。メディアにはお前の花も、名前も出ない。……俺が世間からお前を隠してしまったんだ」

溜息をつき、清雅は自身の手元に視線を落とす。

名実ともに次期当主となったものの、やはり胸にはしこりが残る。晴臣も胸の内では思うところがあるのではないかと疑い、「お前は本当は何がしたいんだ？」と尋ねてみたこともあったが、控えめな笑顔とともに「今のままで十分です」という返事をよこされるばかりだ。

「お前はもう、俺に見切りをつけているんだろう。何を言っても聞き入れてもらえないだろうからと、望みひとつ口にしない」

まさか、と首を横に振れば、清雅にじっとりと睨みつけられた。

「見合いの話を持ち掛けたときも、俺とはろくに話もせず逃げ出したじゃないか」

晴臣に見合いをさせたい、と両親に持ち掛けたとき、両親は揃って「まだ早い」と反対した。それでも見合いを強行しようとしたのは、晴臣と腹を割って話したかったからだ。

結婚ともなれば一生の問題だ。さすがの晴臣も抗議の声を上げると思っていた。見合い話など会話のとっかかりに過ぎない。「どうして急に見合いなんて？」と晴臣が話を振ってくれればそこから会話が転がるだろうと思っていた。

しかし晴臣は「心に決めた相手がいる」と言って見合いの話を終わらせようとした。会話にもならない。逃げるつもりかと無理難題を吹っ掛ければ、近所で適当に見つけてきたとしか思えない同級生を家に連れ帰り、これが恋人だと言って退ける。

見え透いた嘘もいいところだった。

あの日清雅が激怒したのは、晴臣が連れてきたのが同性だったからでも、長年の宿敵である大我だったからでもない。

「あんな嘘で煙に巻くほど俺に本心を明かすのが嫌なのかと、頭に血が上った」

震える声で呟き、清雅は畳に片手をついて晴臣の方へ身を乗り出してきた。

「そんなに兄ちゃんが嫌いか？　急に他人行儀な敬語を遣い出したのは俺が正式に次期家元になってからだったろう？」

「いえ、それは周りがそうしろと……」

「だからってどうして諾々《だくだく》と従う！　もう俺を兄とも思わないのか、才能もない俺が次期家元になったのがそんなに気に入らないか！」

「違います、違う……違うって！」

清雅の勢いに圧されっぱなしでは話にならないと、晴臣も腹の底から声を出す。

清雅が驚いたように口をつぐんだ。兄に対して敬語を崩すのはいつ以来だろう。久々過ぎて少しばかりくすぐったい気分になりながら床の間へ目を移す。

「兄さんは買いかぶり過ぎだ。俺には才能なんてない」

「お前は自分の才能をわかってない……！」

「違う、本当にないんだ。俺の花は子供の砂遊びみたいなものだから、正統派の花をきちんと見てきた兄さんには物珍しく見えるだけだと思う」

晴臣とて生け花の基礎はきちんと習った。しかしそれを逸脱することも少なくない。それは個性でも才能でもなく、ただのわがままだ。自分が一番気持ちよく感じる場所に花を置くだけで、それを見た人がどう感じるかまでは考えていない。

「俺の花には、共感がないんだ」

花屋のアルバイトをしたとき痛感した。相手の意に沿うような花束を作ろうとしても、晴臣は世間一般のイメージより自分の好きな色や形を優先しがちだ。それがたまたま客のイメージと合えばいいが、首を傾げられてしまうことも少なからずあった。

「俺の活け方を評価してくれるのは、俺と同じような花の置き方が好きな人だけだ。それも少数派だと思うよ」

言いながら、晴臣は床の間に飾られた清雅の花を見る。

「俺は兄さんの花が好きだよ。誰が見たってあの花からは、春の柔らかい風を感じる。俺は目の前の花が自分の目にどう映るかしか考えてないけど、兄さんはもっとたくさんの人の目を意識してる。俺にそんな才能はない」

「……才能がないのは俺の方だ」

力なく呟かれた言葉に晴臣は取り合わない。清雅の花は、本人の持つイメージ通り緻密で華やかだ。清雅に才能がないと言うなら、世の才人もすべて凡人に成り下がる。

「兄さんは、父さんの花をどう思う？　凡人の花だと思う？」

「思わない。俺は未だに、あの人の足元にも及ばない」

「俺もそう思う。でもその父さんが次期家元に選んだのは、俺じゃなくて兄さんだ」

晴臣たちの父親は基本的に息子に甘いが、芸事に関しては誰より厳しい。単純に年長者だからという理由で清雅を選ぶはずがない。晴臣に兄を超える才能があったとしたら、とうに次期当主は晴臣に変更されているはずだ。

「俺は一度も父さんからそんな打診を受けたことはないよ」

「……本当か？」

もちろんと頷いて、晴臣は口元を和らげる。

「それに俺は、大勢の人に見せる花を活けるより、対面で花を作るような仕事が向いてる気がする。難しいけど、やりがいがあるなって思ったんだ。だから、できればまたカルチャーセンターの講師がやりたいと思ってる」

清雅は信じられないと言わんばかりの顔で、窺うように晴臣に尋ねる。

「……強がってないか？」

「強がってない。一ヶ月も無断欠勤したからもう仕事はないって言われたらそこまでだけど」

「いや、すぐにでも教室を用意する。それより、本当にいいんだな？　家元に未練は？」

「ないよ。むしろ兄さんに全部任せてしまって申し訳ないと思ってる」

本心から口にすると、強張っていた清雅の肩から力が抜けた。放心したように畳に手をつき、晴臣に目を向けたまま心細い口調で呟く。

「また、一緒に食事に行ってくれるか……？」

「行くよ。兄さんさえ忙しくなければ」

「クッキーを焼いたら、一枚くれるか」

晴臣は言葉を詰まらせる。まさかまだバレンタインのクッキーを食べさせなかったことを根に持っているのか。半信半疑で尋ねれば「あの後すぐ、お前が敬語になったから……」と目を逸らされてしまった。

思えば兄が正式に次期当主となったのはあの年だ。クッキーは本当に数が足りなかっただけなのに、当時の清雅がどれだけ疑心暗鬼になっていたのか垣間見る。

「あげるよ。もうクッキーなんて焼く機会があるかわからないけど、全部あげる」

笑って即答すると、清雅は「よかった……」と呟いて眼鏡を外した。俯いて目頭を押さえているが、まさか本当に泣いているわけではあるまいなとおろおろする。

「あ、あの、そういえば、大我の実家のことなんだけど」

どうすればいいかわからず強引に話題を変えると、清雅の肩先がピクリと震えた。大我の名が出ただけで不機嫌そうな雰囲気になる。大我が天敵であることに変わりはないらしい。

おかげで涙も引っ込んだのか、清雅は眼鏡をかけて居住まいを正した。

「融資の件ならもう銀行に話をつけたぞ。問題ない。去年は何か新しい事業を始めようとして初期投資がかさんだらしいな」

晴臣は胸を撫で下ろす。寝込んでいる間もずっと気になっていたのだ。

清雅はその様子をしげしげと見て、ほんの少しだけ声を潜めた。

「本当に、あいつとは恋人同士だったわけじゃないんだよな？」

「うん。見え透いた嘘をついてごめんなさい」

「それは構わないが……。ずっとあいつの家にいて、肩身が狭い思いをしたんじゃないか？　あいつに何か無理強いをされたことは？」

あり得ない、と笑い飛ばそうとしたが、口元が引き攣ってしまって失敗する。無理やり唇を左右に引き伸ばしてみたが、笑顔になったかどうかはわからない。

「……なかったよ。大我と一緒に生活するのは楽しかったし、最後までお金のことについて何か相談されたこともなかった」

「だったら、そろそろ指輪は外したらどうだ？」

晴臣の左手には、未だに大我と買ったペアリングが嵌められたままだ。晴臣も一緒に左手を見て、そうだね、とぼんやり呟いた。

指輪を見れば、大我と一緒に過ごした日々を思い出す。一円でも安い食材を買い求め、節約料理に苦心し、たまのチャーシュー麺にはしゃいで、悪ふざけの延長で揃いの指輪を買った。

実家に戻ってからというもの、大我からの連絡は一切ない。アドレスの交換自体していなかったので、連絡の取りようもないというのが実情だ。

大我はもう指輪を外しているだろうか。外しているに決まっているのに考え込んで、自分ばかりが外せない。

「海に投げ込みに行こうかな」

「そういうのは恋人と別れた人間がやることだぞ」

「それを口実に、久々に兄さんとドライブに行こうかと……」

「すぐに車を出そう」

晴臣は笑いながら指輪を撫でる。外そうとすると、まるで生皮をはぐような痛みが走って顔を顰めた。見かねた清雅が「長く寝込んでいたから指がむくんでいるんだろう」と止めてくれたものの無理やり外した。今でなければ外せない気がしたからだ。

その日を境に、晴臣の左手からは指輪が消えた。

指輪なんて何グラムもないはずなのに、小さな輪っかが外れただけで心許ないくらい左手が軽い。しばらくは、左手を握ったり開いたりするのが晴臣の癖になったのだった。

熱が下がってから、晴臣は早速カルチャーセンターの講師を再開した。

仕事の内容は基本的に変わらないのだが、相手の要望に耳を傾けるようになったからか「最近教え方が優しくなった」と生徒からは好評だ。自宅の華道教室でも同じような声を耳にしている。大我の実家も工場のシャッターを上げたらしい。夕暮れに工場の前を通りかかると、以前のような賑やかな金属の音がしてほっとする。

逃げるように大我のアパートを出てきてしまった晴臣は、折を見て大我に礼を言いに行かなければと思いつつ、なかなか実行に移せないまま日々を重ねていた。最後に見た大我の苦々しい顔を思い出すとどうしても二の足を踏んでしまう。いっそ現金書留でも送ろうかと思ったこともあったが、金で解決できることでもあるまいと思い直してそれきりだ。

二の足を踏んだまま三月も終わりを迎えようとしていたある日、晴臣が講師を務めるカルチャーセンターに通う生徒が自宅を訪ねてきた。日本舞踊の家元の一人娘である。

最初は何事かと身構えたが、相手の目当ては晴臣ではなく清雅だった。去年、改築されたばかりの劇場ロビーで清雅が花を活ける姿を見て以来ファンになったらしい。

なんとかお近づきになりたいと熱望したが、光月流次期当主である清雅は多忙だ。なかなか接点を持つことができずに困り果てていたら、弟の晴臣がカルチャーセンターの講師をしていることを知った。その縁でどうにかお近づきになれないかと画策し、カルチャーセンターに通っていたそうだ。

相手があまりにも赤裸々に計画を打ち明けてくれるものだから、最後は晴臣も声を立てて笑ってしまった。自分と年が近かったせいもあるかもしれない。気楽にその場に兄を呼び、一緒に茶を飲むことになった。

「ファンです」と己の身上を隠さず公言した女性に対し、清雅は「どうも」と短い会釈を返した。あまりに淡々としていたのでこれは脈なしかと思ったものの、どうしたことか意外に二人は馬が合い、彼女が帰る頃には、清雅も玄関先まで相手を見送ってくれるまでになっていた。

それからというもの、彼女はたびたび晴臣の自宅を訪ねるようになった。もちろん目当ては清雅だ。清雅も彼女の訪問を待っている節があり、彼女がやって来ると二人で離れに行って花を活けたり茶を点《た》てたりしている。

日本舞踊家の娘だけあって、相手は毎度華美な着物姿でやって来る。所作も美しく人目を惹き、当然近所で噂になる。ここのところよく紫藤さんの家に出入りしている娘さんは誰なのか、と。

隠すことでもないので晴臣の教室に通っている生徒だと教えると、今度は晴臣の婚約者だという噂が流れるようになった。完全に噂に尾ひれがついた状態だ。

迷ったものの、晴臣はその噂を放置することにした。女性が清雅のファンであることが知れ、しかも清雅がまんざらでもない態度をとっていることが周囲に広まれば、光月流の次期当主がいよいよ結婚か、と話が大ごとになってしまいそうだったからだ。

自宅まで押し掛けてきたくせにいざ清雅と二人きりになるとろくに顔も上げられなくなる彼女

と、彼女を悪しからず思っているくせに自ら一歩を踏み出せない清雅のじれったい恋路を、もう少しそっと見守ってあげたかった。

清雅と彼女がひっそりと逢瀬を続けるうちに、いよいよ外の桜もつぼみを膨らませ始める。

兄たちの仲もああやってゆっくり進展していけばいい、などとのんびり構えていたある日、前触れもなく母に問われた。

「ねえ、貴方も本当にお見合いする？」

昼食後にリビングで寛《くつろ》いでいた晴臣は、口に含んだ玄米茶を噴き出しそうになる。なぜ、と目顔で問えば、「だって」と母は少女のように肩を竦めた。

「貴方が噂話を放っておくから、ご近所じゃもう『晴臣君は結婚秒読み』ってことになってるわよ。今更違いましたなんて言うの、なんだかばつが悪くない？」

「別に、俺は気にしませんよ。兄さんが彼女と結婚してくれれば誤解も解けるし」

「お兄ちゃんに婚約者を盗られたって噂も立ちかねないわよ？」

「言わせておけばいいでしょう。万事上手く運んだら本人たちが訂正するだろうし。それよりなんです。兄さんが見合いの話を持ってきたときは『まだ早い』って反対してたくせに」

「そうなんだけどねぇ、案外早くないのかもなって思って。この前も貴方、小学校の同級生の結婚式に出てたでしょう？　立花さんだっけ？　それにほら、大我君も結婚するって話だし」

湯呑を唇につけた晴臣の動きが止まる。一緒に心臓まで止まってしまったかと思った。

器から立ち上る湯気の向こうで、母はのんびりと茶をすすっている。無言で見詰め続けていると、あら、と眉を上げられた。

「もしかして知らなかったの？　大我君と駆け落ちまがいのことまでしたくせに？」

大我と晴臣が恋人同士なんて端から信じていなかったという母は、茶目っ気たっぷりに言ってころころと笑う。それでも晴臣の表情が変わらないと見ると、あら本当に知らなかったの、と驚いたような顔をした。

「昨日ね、偶然山内さんの奥さんとお会いしたのよ。大我君、四月からこっちに戻ってくるって話だったけど、それも知らなかった？」

晴臣は無言で頷く。一緒に暮らしていた頃、大我は一言も地元に帰るなんて言わなかった。

「またご実家で暮らすみたいで、週末は手荷物を持って帰ってきてるらしいわよ。今日も来るって話だったけど、貴方大我君のアパートにお邪魔してたときのお礼きちんとした？　まだだったらお花のひとつも持っていったらどう？　あんなに長いことお世話になったんだから」

「結婚するというのは？」

延々と続きそうな母の言葉を遮って質問を差し挟めば、そうなのよ、と母はすぐさま話の軌道を変えた。

「東京でつき合ってた子がいたみたいでね、こっちで結婚するんですって。挙式はいつ頃になるのかしら。それも連絡来てないの？」

晴臣は宙で止めていた湯呑をテーブルへ戻し、無意識に左手の薬指へ視線を落とした。指輪を外してもう数週間が経つ。外した直後は指のつけ根に残っていた指輪の跡も、今はすっかり消えてない。

大我もすでに指輪は外したものだと思っていた。

でももうその指には、新しい指輪が嵌まっているのか。

晴臣はふらりと席を立つ。

「大我に会いにいってきます」

「じゃ、お花のひとつも持っていきなさい。午後のお教室で使う花材があるから」

離れに用意してあると声をかけられ、晴臣はふらつく足でリビングを出た。離れの土間には、母の言う通りチューリップと雪柳、菜の花、コデマリなどがすでに用意されている。

晴臣は花筒の中にあるチューリップを数本選んで手に取った。赤、黄色、ピンク。しげしげと眺めてみるが、それがどんな佇まいの花束になるのか思い浮かばない。

雪柳も手に取ったが同じだ。無理やり形を整えようとしてもちぐはぐになる。しっくりこない。花の高さや色を変えても駄目だった。白いパレットにぶちまけた絵の具が混ざりあって黒くなるように、どう足掻いても調和しない。

花束ひとつ作れない自分に愕然として、晴臣はチューリップと雪柳を花筒に戻した。

こういうとき、自分は本当に生け花の才能がないと痛感する。兄ならばどんな心境にあってもそのとき求められた花を活けることができる。自分のように感情に左右されることなどない。

晴臣にとって花を活けることは自身の心を形にすることに似ていて、出来栄えは体調や精神状態に大きく左右されてしまう。

小学生の頃、お花係に任命された直後もそうだった。花に触れられるのは嬉しいのに、クラスメイトにからかわれるのは苦しくて、上手く表現できない気持ちを花に託した。調和しない色と形、小さな花瓶から窮屈そうにこぼれる花。教室の片隅に置かれた花瓶は、晴臣の不安定な心そのものだった。

立ったまま、晴臣は花筒の花をぼんやりと眺める。

大我が地元に戻ってきて、結婚する。その事実がまだ上手く呑み込めない。

指輪を外した左手を撫でた。大我と揃いの指輪を外したとき、大我への未練は断ち切ったつもりでいたのに。実際はどうだ。全く諦めきれていない。

唐突に、きっと自分は一生こうなのだろうと思った。

忘れよう忘れようと思いながら、どうしたって忘れられない。常識に従えず、だからといって割り切ることもできない。

ぼんやりしているようで我が強く、花にもそれが出てしまう。正当な光月流の活け方ではないと親族から陰口を叩かれても本流に戻ることができない。

でも離れられない。好きだからだ。

納得と諦めが半分ずつ胃の腑に落ちて、晴臣はゆるゆると溜息をついた。

晴臣は離れから戻ると、母親に声をかけ外に出る。

ようやく四月に入ったとはいえ、今日のような曇天では風も冷たい。若竹色の着物の上に同色の羽織を着て外門を出た晴臣は、その場でぴたりと足を止めた。

道の向こうから誰か来る。背の高い、大柄な男性だ。近づくにつれ顔立ちがはっきりして、晴臣は我が目を疑った。自宅前の見慣れた道をのんびりと歩いてくるのは、大我だ。

大我は黒のカーゴパンツに丸首のシャツを合わせ、その上に薄手のダウンジャケットを着ていた。歩きながら晴臣の家の庭木を眺めていたようだが、外門の前で立ち尽くす晴臣に気づくと軽く手を上げる。あまりに自然な態度だったので、晴臣は驚きの表情すら作れない。

そのまま素通りしてしまうかと思いきや、大我は晴臣の前で足を止めた。

「よう、久しぶり」

軽い笑みを向けられ、晴臣は何も言えずに頷く。最後に交わした会話を思い出せばとても気安く挨拶を返せない。自分の恋心はもう大我にばれているのだ。

「これからどっか行くのか？」

晴臣の態度には頓着せず、大我は気さくに話しかけてくる。晴臣は意味もなく羽織の前を掻き合わせ、「花屋に」とだけ返した。今の心境では花束など作れそうもないので、近所の花屋に買いにいくつもりだった。

「じゃあちょうどいい。俺も花屋に行くところだったんだ」

一緒に行こう、と大我が笑う。

一体どういうつもりだろう。晴臣の恋心を知ってなお、これまでと変わらぬ態度を貫く大我の本心が見えない。戸惑いはしたが申し出を断る理由もなく、晴臣は大人しく大我と一緒に花屋へ向かった。

道すがら、晴臣は大我に頭を下げる。

「先日は、世話になった。おかげで見合いの話はなくなった。一ヶ月以上も世話になっていたのに、何も言わずに出ていってしまってすまない」

歩きながらも深々と頭を下げる晴臣を見て、大我は困ったような顔で笑う。

「そんなこと気にすんな。それより、熱があるのにちゃんと家に帰れたのか？」

「俺は大丈夫だ。お前こそ……ご実家はもう、大丈夫なのか」

大我がきょとんとした顔でこちらを見る。なぜそんな話になるのかと言いたげだ。

「工場、しばらく休業していたんだろう？　シャッターも閉まっていたし」

「シャッターって……今月の話か？　あれは皆で社員旅行に行ってたんだよ。会社の創立五十年を祝って社員全員でグアムに」

突如出てきた南国のリゾート地に目を瞠る。グアム？　と返せば、グアム、と頷かれた。

「……どうしてそんな景気のいい話に」

「どうしてって言われてもな、もう十年も前から親父が皆と約束してたらしいぞ。無事五十周年を迎えられたら社員旅行で海外に行くって。そのために全員で積立貯金もして……」

「資金繰りが厳しいんじゃなかったのか⁉」

「そりゃうちみたいな中小企業はいつだって資金繰りに苦しんでるもんだけど？」

なんの話だと言わんばかりに大我は首を傾げる。何か隠したりごまかしたりしているようには見えない。ということは、会社が倒産の危機に瀕しているというのは兄の勘違いか。

晴臣が言葉を濁すと、すかさず大我が体を寄せてきた。

「なんだ、うちが倒産するとでも思ってたのか？　突然アパート出てったことと関係あるとか言わないよな？」

大我のアパートで暮らしていた頃と同じようにじゃれつかれ、不覚にも目の奥が熱くなった。大我はこちらの想いを悟った上で、これまで通り友人として接してくれるつもりらしい。なんて懐の深い男だろう。

晴臣もその誠意に応えるべく、兄から伝え聞いたことを洗いざらい大我に話した。

十年前、晴臣の父が銀行に口添えをしたことは大我も知っていた。だが、「その恩返しのつもりで俺を匿ってくれたんだろう」と晴臣が口にした途端、呆気にとられた顔になる。

「いや、そんなわけないだろ」

「そうでないなら、もう一度銀行に口を利いてもらうために良くしてくれたのかと」

「おい待て、それ絶対お前の兄貴が言い出したことだろ。相変わらず性格悪い奴だな！　お前もお前だぞ、なんでそんな話信じた」

憤慨した様子の大我にたじろいで、晴臣は消え入るような声で答えた。

「真夜中に、実家と電話をしていたことがあっただろう。あのとき、口説くとかなんとか言っていたからてっきり……」

真夜中の電話と聞いて、大我も思い当たる節があったらしい。ああ、と気の抜けた声を出して天を仰いだ。

「そりゃ確かに口説いてたけどな。俺が口説いてたのは腕利きの旋盤工だ」

横目で晴臣を見て、「旋盤って知ってるか？」と大我が尋ねてくる。

「知ってる。金属を切ったり削ったりして加工する機械だろう？」

小学生の頃、自分が晴臣にそれを教えたことなど忘れていたのか、大我は一瞬驚いたような顔をしたあと、満面の笑みで頷いた。

「うちの親父も元は旋盤工だったんだ。若い頃はよその工場で修業もしてた。親父には師匠って呼んでる人がいて、その人は本当にとんでもない名工だったらしい」

その人物は東京に工場を構えており、年齢は八十を超えているという。今なお実年齢を疑うほどに矍鑠《かくしゃく》とした人物だが、数年前に体調を崩したことがきっかけで、年賀状のやり取りをしていた大我の父親に引退をほのめかしたそうだ。

大我の父親は師匠の引退を惜しみ、慌てて東京の工場を訪ねた。

工場には、師匠の技術を受け継いだ職人たちの姿もあった。師匠が引退したら工場はたたみ、職人たちもばらばらになってしまうという。師匠の決意は固いと悟った大我の父は、せめて職人たちを自分の工場に迎えさせてもらえないかと師匠に頭を下げた。しかしこれには当の職人たちが難色を示した。職人たちも師匠の腕に惚れこんで工場に勤めていたのであって、突然現れた大我の父の下で働くのは御免だと言うのだ。

それでも大我の父は諦めず、師匠のもとへ通い詰めて何度も頭を下げた。粘り腰の交渉の結果、とうとう師匠から『技が欲しけりゃ盗んでいけ。お前のところの倅をうちへよこしてくれりゃあ、いくらか鍛えて帰してやる』と言い渡された。

そんな次第で、大我が師匠の工場へ出向することになったそうだ。

「じゃあ、お前が勤めていた小端鉄工所というのは……」

「師匠の工場。このご時世に、ほとんど丁稚奉公《でっちぼうこう》みたいな扱いだったから給料激安だったけどな。本気で何度も貯金が底を尽きかけた」

大変だったと言いながら、大我の横顔にはからりとした笑みが浮かんでいる。

工場には二年勤めたが、その程度で熟練の技を盗めるわけもない。その間にも着々と工場をたたむ準備は進み、他の職人たちも新しい就職先を探し始める。

「せめて師匠から他の職人たちに声をかけてもらえないかって必死で説得したよ。うちの工場でどんな仕事をしてるのかも合間を見ては何度も説明した。そりゃ儲かってる工場じゃないが、いろんな会社のつてはあるし、技術力が伴わなくて蹴らざるを得なかった仕事も山ほどある。師匠のところの職人が来てくれれば、仕事の幅はぐんと増えるんだ」

タイムリミットは今年の春まで。桜が咲いたら工場は閉めると師匠は公言しており、実家からも『師匠の気は変わったか』と矢のような催促が来る。

工場の職人たちも次々新しい就職先を決めていく。最年少の大我が「ぜひうちの工場に」と言ったところで鼻先であしらわれるだけだ。となればもう師匠に頼るしかない。どれだけこの鉄工所の職人たちの腕を必要としているか、必死で口説いた。

いよいよ桜のつぼみが膨らみ始め、もう無理か、と諦めかけたところでようやく師匠が腰を上げた。工場でも腕利きの職人数名に声をかけてくれ、彼らが大我の工場へ来てくれることになったのだ。それが先週の話である。

『二年もうちの扱《しご》きに耐えた、その褒美だ』と師匠は言った。二年間、ひたむきに技術の習得に励んだ大我の姿勢を評価してくれたらしい。

話を終え、大我は空に向かって大きく伸びをした。

「これで新しい事業が拡大できる。運よく銀行も融資してくれることになったしな」

「じゃあ、倒産云々というのは」

「お前の兄貴の思い違いだ」

でも、と晴臣は困惑顔で呟く。

「電話の後、何か言いかけていたのは？『もしも俺が……』と言った後、何を言ったんだ？金を工面する話じゃなかったのか？」

足をもつれさせるように歩く晴臣を振り返り、大我は唇に苦笑を滲ませる。

「違う。『もしも俺が地元に帰るって言ったらどうする』って訊いたんだよ。師匠が工場を閉めたら俺が東京にいる理由はなくなる。でもお前、地元に帰りたくないようなこと言ってただろ？一緒に戻ろうって誘うのも酷かと思って、言わなかったことにした」

想像とは全く違う言葉に驚き、晴臣はその場で足を止めた。

「大我、お前……どこまで面倒見がいいんだ？昔警察から逃がしてやったくらいで……」

大我も立ち止まって晴臣を振り返る。表情からはもう笑みが消えていた。

「まだそれ信じてたのか」

「……何？」

「二人乗りして警察に追っかけられてたなんて嘘だよ。バイクには最初から俺ひとりしか乗ってない。久々にお前の顔を見たから、何か口実をつけて話がしたかっただけだ」

晴臣は立ち尽くしたまま大我の言葉を反芻し、理解できずに眉根を寄せる。それでは本当に、大我が晴臣をアパートに置いてくれていた理由がなくなってしまうではないか。

「だったら他にどんな理由があって俺を匿ってくれたんだ？」

「わかんねぇか」

「わからん」

大我はひとつ溜息をつくと、晴臣に背を向けて歩き出す。晴臣も慌てて後を追い、少しも行かないうちに目当ての花屋へ到着した。晴臣がアルバイトをしていた店とそう規模の変わらない小さな店は、店頭にバケツに入ったガーベラや薔薇、ライラックなどを並べている。

一足先に中に入った大我は、店の主人が出てくるなり威勢よく言い放った。

「外に並んでる花全部ください。バケツに入ってるやつ、全部」

店長が目を丸くして「全部ですか？」と繰り返す。大我の後ろにいる晴臣も口を半開きにした。華道家でもあるまいし、そんなに大量の花を買ってどうするつもりか。

店長と晴臣がうろたえている間に、大我は上着のポケットから財布を取り出してレジのカウンターに紙幣を置いた。万札がざらりと並べられ、晴臣の心臓がひっくり返る。

「ば、馬鹿！　そんな乱暴な買い方があるか！　破産するぞ！」

「しねぇよ。丁稚奉公も終わったからな。お前だってこのくらい普通に買うだろ？」

「うちは直接卸してもらってるんだ！　店先でこんな大量に買うわけないだろう！」

晴臣の言葉など聞き流し、大我は店長と共に店を出て本気でバケツからごっそりと花を引き抜いてしまう。薔薇とガーベラとライラック、それからカスミソウ。包みもいらないと言い放ち、茎から水を滴らせたまま両腕に抱えて店を出た。

「なんだ、お前は何も買わなくてよかったのか？」

大我と一緒に店を出た晴臣は青白い顔で首を横に振る。大我に花束を買うつもりでいたがそれどころではない。こんな大量の花を抱えた男に小ぢんまりとした花束など贈って何になる。

花を抱えて歩く大我を、晴臣もよろよろと追いかける。

「その花、どうするつもりだ……？」

声が掠れてしまうのは、カウンターに置かれた万札が頭から離れないからだ。大我のもとで身につけた金銭感覚は未だ抜けず、実家に戻ってからも底値を気にするようになってしまった。支払いはカードより現金が増えたが、万札を出すことは滅多にない。

大我は肩越しに晴臣を振り返り、「お前の家」とあっさり言う。

混乱が弥増《いやま》した。自宅に花を届けられる理由がわからない。

「なんなんだ……？　うちの家族に何か頼まれたのか？」

「いや別に。それより、お前んち今誰かいるか？」

「母がいる。午後から母の教室があるから」

「じゃあ、裏口から家の中に入れてくれ。できれば二人で話がしたい」

肝心の説明は一切なしで、大我は晴臣の家の裏口に向かう。困惑を極めたまま、晴臣は玄関から家に入って庭を突っ切り、裏口から大我を招き入れた。

「ここから中に入るのも久し振りだな」

身を屈めて大我が木戸を潜り抜ける。中学生の頃は、兄の目を盗んでよくここから大我を家に招いたものだ。

両手に花を抱えた大我が裏庭を見回す。北向きの裏庭はあまり日も当たらず鬱蒼《うっそう》と木々が茂っている。大我は背の高い椿の木を見つけると、懐かしそうに歩み寄った。

「この木の裏に隠れてお前の兄貴をやり過ごしたこともあったよな」

一向に話の核心に触れようとしない大我に焦れ、晴臣は声を大きくした。

「お前が兄から俺を庇ってくれたのは、兄に対する嫌がらせがしたかったからか？」

赤い花をつけた椿を背に、大我がこちらを振り返る。深い緑の葉が揺れて、色づいた花がひとつ地面に落ちた。大我は足元に落ちた花を一瞥《いちべつ》することなく、無表情で言い放つ。

「お前は何もわかってないな」

能面のような顔を見て、さすがに怯んだ。違うのか、と掠れた声で尋ねたが返事はない。

大我は片腕で花束を抱え、もう一方の手でカーゴパンツのポケットを探ると、晴臣に一歩近づいて拳を突き出した。

「話す前にこれは返しとく」

大我が拳を開く。瞬間、直前まで耳に届いていた木々のざわめきが掻き消えた。

大我の手の上で揺れるのは白いポピーの花だ。けれど本物ではない。花びらが黄色く変色したそれは、晴臣がこの十数年間ずっと手放せずにいた造花だった。

目の端でざわざわと椿が揺れる。けれど世界は無音に包まれて何も聞こえない。

黄ばんだポピーは、長年晴臣が抱えてきた恋心そのものだ。当然大我だって理解しているだろう。それをこうして返されて、自分の恋心まで突き返された気分になった。

木々の音が戻ってきたと思ったら、いっぺんに視界が潤んで瞬きができなくなる。けれどここで涙を見せたら終わりだ。冗談にもできなくなる。

小学生の頃の話だ。今なら笑い話にできるかもしれない。晴臣は無理やり笑顔を作ると、瞬きをこらえて大我を見上げた。

「もう、わかってると思うが、俺は……」

昔、お前が好きだったんだ、と言おうとした。

昔の話だ。子供の勘違いだ。若気の至り、出来心、言い訳はいくらでもある。

でももうそんな気持ちは忘れた。結婚するんだろう。おめでとう。

そう言おうとした。そのつもりだった。

それなのに、掌に造花を載せた大我が一直線にこちらを見るから、失敗した。

瞬きを待たず涙が落ちる。

こらえきれなかったと思ったら、唇からも本音が漏れた。

「……好きなんだ、お前が」

今も、と言い添えれば、涙は次々落ちて晴臣の頬を伝い落ちる。

視界が水没して大我の顔が見えない。きっと途方に暮れたような顔をされている。

晴臣は俯いて、涙に溺れそうになる声で「もう行ってくれ」とだけ告げた。

もう二度と追いかけないからこの場を立ち去ってほしかった。大我を困らせたかったわけではない。慰められたくもない。軽蔑は甘んじて受け入れる。これ以上、無様な姿を暴かれたくない。

嗚咽をかみ殺していると、鼻先を柔らかな花の香りがくすぐった。視界の端に大我の抱えた花が見え隠れして、大我がまた一歩近づいてきたのがわかる。

手首を摑まれ、びくりと肩先が震えた。上手く抵抗できないでいるうちに手を取られ、そっと片手に造花を握らされる。

一度は大我の手元に渡った恋心が戻ってきた。受け取れない、という無言の返事つきだ。新しい涙が溢れてぱたぱたと地面に落ちる。俯いて動かずにいたら、耳元を小さな溜息が掠めた。

「俺だって好きな相手でもなきゃ一緒に暮らそうと思わないし、二人で風呂に入ったりキスをねだったりしないぞ」

低い声にぎくりとして、言葉の内容が頭に入ってこなかった。一呼吸おいてからようやく理解して、晴臣はおっかなびっくり顔を上げる。相変わらず視界は涙で曇っていたが、大我が深く身を屈めたおかげで互いの顔が近づき、不鮮明ながら呆れた顔をされているのがわかった。

「いや、気づけよ。あんなの下心しかないだろ。嫌がらないから少しは脈があるのかと思ったら、最後にこんなもん出てくるんだぞ。単純に居候させてもらってるから抵抗できなかっただけかと思って大分へこんだんだからな」

こんなもの、と言いながら、大我は晴臣に握らせた造花を見遣る。

大我が何を言っているのかよくわからず瞬きを繰り返していると、またしても溜息をつかれてしまった。けれどその口元には仕方がないなと言わんばかりの笑みが浮かんでいて、甘やかすようにも見える表情にどきりとする。

大我は屈めていた身を起こすと、抱えていた花の中からおもむろにガーベラを抜いた。

鮮やかなオレンジ色の花を差し出され、わけがわからぬまま両手で受け取る。

「なあ、俺の手はお前の目にどう映る？」

空になった右手を大我がひらりと振る。ごつごつと大きな手だ。短く切られた爪には、落としても落としきれない黒い油汚れがわずかに残る。

晴臣はまじまじと大我の手を見て、鼻にかかった声で答えた。

「……一生懸命に働く人の手だ」

わかり切った答えだっただろうに、大我は蕩けるように目を細める。そして抱えた花束の中から、今度は淡い紫色のライラックを抜いて晴臣に手渡した。

「ガキの頃も同じこと言ったな？」

「……言った」

「あのときから、ずっとお前のことが気になってた」

言うだけ言って、大我はまた花を差し出してくる。今度はカスミソウだ。

「お前をからかってた連中も同じだったと思う。お前は俺たちと違うって肌で感じたんだ」

「違う、というのは……？」

「育ちかな。ものの考え方かもしれない。格が違うというか」

「……嬉しくない」

鼻声で反論すると、大我は笑いながらまた花を手渡してきた。今度は真っ赤な薔薇の花だ。

「どうにかお前と話がしたかった。でも何をきっかけに話せばいいのかわからん。共通の話題もないからな。お前、テレビとか漫画にもあんまり興味がなさそうだったし」

話しながら大我は休まず花を手渡し続ける。一本一本、言葉に花を添えるように。

「お前をいじめることでしか接点を持てない連中もいた。でも俺はそうしたくなかった。お前と友達になりたかったんだ」

薔薇、ガーベラ、カスミソウ、ライラック。晴臣の腕に少しずつ花が増えていく。それに伴い、大我の声に熱がこもり始めた。

「花を抱えて学校へ向かうお前にどうやって声をかけようか迷ってたら、クラスの連中がお前を取り囲み始めた。チャンスとばかり俺が助けに入ったのは覚えてるだろ？」

小さく頷く晴臣を見て、大我は腕の中からまた一本花を引き抜いた。

「あのときお前、『ありがとう』って言いながら俺に花を渡してきたんだ。覚えてないか」

こんなふうに、と言いながらライラックを差し出し、大我は目を細めて当時を語る。

クラスメイトたちを追い払った後、実家の工場に勤める熟練工の話などしながら通学路を歩いていたら急に晴臣が足を止めた。

晴臣は両腕で花を抱え、困ったような顔で大我を見ていた。言葉を探しあぐねているのか、もどかしそうに身じろぎして、両腕で抱えていた花束の中から花を引き抜く。

大我に花を手渡しながら、晴臣は小さな声で、ありがとう、と言った。礼を言って受け取ってみたものの、晴臣はまだ何か言い足りなそうな顔で足踏みをする。黙って待っていると、また花を手渡された。

あとは延々その繰り返しだ。ありがとう、と言っては花を渡し、他の言葉を探すように黙り込んでから、やっぱり見つからなかった様子でまたありがとうと花を渡す。

伝えたい気持ちがたくさんあるのに、上手く言葉にすることができず花に託しているように見えた。柔らかく花びらを重ねた色とりどりの花が、次々大我に渡される。

最終的に、晴臣が両腕一杯に抱えていた花は残らず大我に手渡された。

花束を抱きしめた大我は、空手になって所在なく立ち尽くす晴臣を見て不思議な感慨に捉われる。抱えた花から立ち上る甘い香りと、柔らかな重さと、顔を赤くして俯く晴臣が忘れられない。

なんだか花と一緒に、晴臣の心ごと全部明け渡されたような気分になった。

「あのときから、ずっとお前が好きだった」

目の前に鮮やかなピンクのガーベラが差し出される。

目を見開いて身じろぎもできない晴臣の腕の中に、大我はそっと花を挿した。

「今も好きだ。十年ぶりに会ったら前より美人になってて驚いた」

今度は薔薇を抜いて晴臣に渡し「貧乏生活にもめげないガッツのあるところが好きだ」と言い、次はライラックを渡して「豆腐屋に乗り込んでただでおからをもらう気概に惚れた」と笑う。

「お前の作ってくれる飯が好きだ。毎日恥ずかしそうにハグで出迎えてくれたのが可愛かった。花を活けてるときの真剣な顔がいい。振り向かせたくなる。すごく好きだ」

花のある限り口説かれて、晴臣は呆然と立ち尽くす。大我が抱えていた花の半分はもう晴臣の腕へと移っているが、すぐには大我の言葉を信じることができない。

「……嘘だ」

掠れた声でそれだけ呟くと、大我は困ったような顔で上着のポケットから何か取り出した。

「これでも口説かれてくれないか？」

大我の手の上にあったのは白い造花だ。晴臣は目を見開いて自身の右手を見る。先程大我から突き返された造花は、確かにこの手の中にあるのに。

困惑する晴臣を見て、大我はおかしそうに笑った。

「さっき渡したのは、お前が俺のアパートに置いていった造花。こっちは、俺がずっと持ってたやつだ」

言われて互いの手の中の造花を見比べる。どちらも白い花だが、よく見ると花の形が違う。晴臣の手の中にあるのは花びらが大きなポピー。そして大我の手の中にあるのは、細長い花びらを

放射状に重ねたガーベラだ。

大我は造花と晴臣の抱えるガーベラを見比べ、目を細める。

「俺は花に疎いから、お前が持ってた造花と自分が持ってる造花が別物だってすぐに気がつかなかった。気がついてたらあんな勘違いもしないで済んだのに」

「……勘違い？」

「お前の持ってた造花と、自分の持ってた造花が同じ物だって勘違いした」

言われた意味が理解できず首を傾げた晴臣に、大我は噛んで含めるように説明する。

「俺が持ってるのは、立花からもらったクッキーについてた造花。お前が持ってたのも立花が用意した造花だと思ったんだよ。あのクッキー、お前と立花が一緒に作ったんだろ？　ラッピングの道具まで一緒に買いに行ったって話だったから、てっきり余った花を後生大事に持ってたんだと思って、そんなに立花のことが忘れられないのかと……」

「ま、待て！　どうして俺もクッキーを作ったことを知ってるんだ！」

話の途中だったが黙っていられず割り込んだ。動揺する晴臣を見下ろし、大我はおかしそうに喉の奥で笑う。

「やっぱりお前、皆に隠れて立花を手伝ってる気でいたんだな？　そんなもんクラスの連中には筒抜けだったぞ」

「そ……、そうだったのか？」

「当たり前だろ。休み時間も放課後も立花と一緒にこそこそやってんだから。すぐに周りの女子が異変を察して事情を突き止めた。クラスの連中は皆思ってたよ、お前は立花に気があるんだろうって」

「……冗談だろう？」

「いいや。クラスの女子はお前に同情してた。立花は他の男のためにバレンタインの準備をしてるのに、何も言わずにそれを手伝ってあげるなんて報われないって」

晴臣は返す言葉もなく目を瞬かせる。まさかそんな誤解を招いていたとは知らなかった。自分では完璧に隠しおおせた気でいたのに。

大我は指先で摘まんだ造花をくるくると回し、「俺もそう思った」と呟く。

「だからお前の落とした造花を見たとき、立花と選んだ花の残りだと思ったんだ。立花の結婚式ではお前が花の準備を引き受けたって噂になってたし、まだ立花のことを忘れてないのかと思ったら妬けて、それでつい、きつい口調になった。すまん」

晴臣の造花を見て、「ここにいたいんだったら、それはどこかにしまっておいてくれ」と苦々し気に大我は言った。大我を慕う気持ちは捨てろと、そう言われたのだと理解していたが違うのか。おずおずと大我に尋ねると、違う、とはっきり首を横に振られた。

「捨ててほしかったのは立花への未練だ」

大きく目を見開いたら、眦に残っていた涙が風で吹き飛ばされた。もう驚いた顔も作れない。立花への未練など最初からないのだから。

大我は自分の勘違いをもう悟っているようで、居心地悪そうに肩を竦める。

「初恋の品を捨てろって言ってるんだから、俺としては遠回しな告白のつもりだったんだよ。でもお前は何も返事をしないで出ていっちまったし、詰まる話が振られたんだろうと思って今日の今日まで連絡のひとつもできなかった」

また地元へ戻る予定だったのに、どんな顔で晴臣と向かい合ったらいいかわからない。悩みながら引っ越しの準備をしていたら、机の引き出しから古ぼけた造花が出てきた。こちらは大我自身が長年保管していた、立花のクッキーに添えられていた花だ。

「じゃあ、大我の初恋の品っていうのはまさか……」

「そうだ。立花がクッキーにくっつけてきた造花だ」

理由はどうあれ、この造花も晴臣が一緒に選んでくれたのだろうと思ったら捨てられなかった。自分も晴臣も報われないなと造花を眺め、そこで初めて晴臣が残していった造花と自分の持っているそれが別物であることに気がついたのだ。

「最初はどういうことかよくわからなかった。もしかしてお前が置いていった造花はバレンタインとは全然関係のないものなのかと思ったが、やっぱり見覚えがある」

しばらく悩んで、晴臣が持っていたのは自分がホワイトデーのキャンディに添えた花だと気がついた。立花に返したはずのそれがどうして晴臣のもとにあるのかはわからない。けれど晴臣が未だにそれを持っていたことに一縷《いちる》の望みを見た気がして、慌てて地元に戻ってきた。

しかしいざ戻ってみれば今度は晴臣が日本舞踏家の娘と結婚秒読みという噂で持ちきりだ。

「正直もうわけがわからんと思ったが、何も言わずに身を引く時期はとっくに過ぎてた。せめてお前と一緒に暮らす前なら諦められたかもしれないのに」

　苦い笑みをこぼし、大我は腕の中から白いガーベラを引き抜く。それを古びた造花と一緒に晴臣へ渡すと、身を屈めて囁いた。

「こんなに好きになったら、もう駄目だ」

　晴臣は小さく息を呑む。嘘だ、と反論する暇も与えられず、再び「好きだ」と言われた。

「ガキの頃からだ。大概俺も諦めが悪い。もう忘れたつもりだったのに。まだ好きだ。忘れられる気がしない。なあ、こっち見てくれ。好きだ。晴臣、好きだよ」

　一本一本花を渡しながら、大我は飽きもせず同じ言葉を繰り返す。

　最後の一本は火のように赤い薔薇の花だ。大我はそれを、晴臣の抱える花束の中に両手で挿し入れた。

「受けとってくれ。俺の気持ちだ」

　大我が空っぽになった両手を広げる。すべて渡したというように。

　晴臣は花束を抱えて言葉もなく大我を見上げる。

　腕の中から立ち上る甘い香りと、柔らかな重み。その向こうで照れ臭そうに笑う大我を見たら、ぶわりと顔が熱くなった。大我の言葉を疑えなくなって、ふらふらとその場に膝をついてしまう。

　大我は声を立てて笑い、自分もその場にしゃがみ込む。

「凄い破壊力だろ」

　晴臣は花を抱えて小さく頷く。花と一緒に心ごと明け渡された気分になったという大我の気持ちがわかった。手渡されたのは花なのに、甘くて柔らかな想いの塊を抱えている気分だ。

また涙目になっていくのを自覚しながら、晴臣は掠れた声で確かめた。

「……本当に、お前も俺のことが好きなんだな？」

大我はとろりと目を細め、花を掻き分けるようにして晴臣の頬に両手を添える。

「好きだ。でなかったらあんなふうに他人の見合いをぶち壊そうとしない。兄貴への当てつけも、昔の礼もただの口実だ。絶対俺のものにならないと思ってた相手がネギ背負って歩いてたから、強引に家に連れ帰っただけだな」

硬い指先が晴臣の頬を撫でる。温かなそれに溜息をつくと、花の向こうから大我の顔が近づいてきた。

「お前は紫藤家のお坊ちゃんだ。デカい家で、綺麗な花に囲まれて暮らしてて、機械油で手を汚してる町工場の小倅じゃ、一生手が届かないと思ってた」

諦めたつもりでいたんだがな、と大我が眉尻を下げて笑う。

「一緒に暮らして、あんな無防備な顔見せられたらもう手放せないだろ」

唇に吐息がかかって、晴臣はゆっくりと目を閉じる。

ひやりと冷たいものが唇に触れ、人肌より滑らかな感触を不思議に思って目を開けた。互いの唇の間には、ガーベラの花びらが挟まっている。

失敗、と至近距離で大我が笑う。花の匂いが一層濃くなったようで、晴臣は吐息交じりに呟いた。

「……花が邪魔だと思ったのは、生まれて初めてだ」

「じゃあ、花のない所に行こう」

どこへ、と尋ねれば、ひそやかな笑い声が返ってきた。何も言わずに立ち上がった大我に手を引かれ、晴臣もふらりと立ち上がる。腕をとられて歩き出しても、もう一度場所を問う気にはなれなかった。場所なんてどこでもいい。

今はただ、一刻も早く大我と二人きりになって、失敗したキスの続きがしたかった。


抱えきれないほどの花束は自宅の縁側に置き、大我と一緒ならどこでもいい、と思い定めてやって来たのは、駅前にあるラブホテルだった。

どこでもいい、と思ったのは本当だが、まさかこんな即物的な場所に連れ込まれるとは。部屋の中央にはこれ見よがしにダブルベッドが置かれ、室内の照明はやけに暗い。

「お前みたいな育ちのいい奴をこういういかがわしい場所に連れ込むのは気が引けたんだが、家には家族がいるからな。他に場所がない」

背後で大我がからりと言い放つ。もう少し他になかったのかと言い返そうとしたが、後ろから大きな体に抱きしめられて言葉が飛んだ。

場所が場所だ。そういうつもりで入ってきたのは重々わかっている。抵抗するつもりもなく力を抜くと、項にそっと口づけられた。それだけでふるりと体が震える。

「……花の匂いがする」

首筋で大我が鼻を鳴らす。耳の裏に息がかかってくすぐったい。身じろぎしようとしたが、胸の前でがっちりと大我が腕を交差しているせいでろくに動けなかった。

「た、大我……、ぁ……っ」

耳の後ろに吸いつかれて小さな声が漏れる。甘ったるい自分の声に驚いて、固まっていたはずの覚悟がもろくも崩れた。

「待て、大我、お前、結婚するんじゃなかったのか？」

晴臣の首筋に唇を滑らせながら、大我は「なんの話だ？」と怪訝《けげん》そうに問い返す。

「お前の親が、東京で恋人ができたから地元で結婚すると……」

「ああ、これを見て勘違いしたんだろ」

晴臣を後ろから抱きしめたまま大我が左手をかざしてみせる。薬指には二人で買った指輪が嵌まったままだ。

今の今まで大我の左手を見る余裕もなかった晴臣は、まだつけていたのかと目を見開く。次の瞬間、首筋に柔らかく歯を立てられて息を呑んだ。

「お前はもう外したんだな。薄情者め」

笑いを含んだ声で囁いて、大我は噛みついた場所に舌を這わせた。熱い舌の感触に肌が粟立《あわだ》つ。

違う、と首を振ったが大我は気づいてくれない。着物の衿合わせに指を差し入れられ、片手で器用に左右へ開かれる。

「どこかに捨てたか？　さすがに傷つくな」

「ちが、違う、大我……あっ」

着物と襦袢《じゅばん》の間に手が入ってきて背中が震える。薄い襦袢越しに胸の突起を撫でられ、こそばゆさに背中を丸めた。それなのに、大我の手は執拗にそこを追いかけてくる。

「……っ、馬鹿、くすぐったい……！」

「でも、尖ってきた」

耳朶《じだ》に息をかけるように囁かれて体の芯が熱くなった。胸の刺激そのものに反応したというより、大我の息遣いや掌の熱さに酩酊《めいてい》して肌がさざめく。あっという間に膝が震えだして、大我の腕にすがりついた。

「大我……さっきの、まだ……」

息を震わせながら肩越しに振り返る。まだキスもしていない、と目顔で訴えれば、大我は機嫌よく笑って晴臣の頬にキスをした。

「可愛いな、キスのおねだりか」

そう言いつつ、大我は晴臣の頬や鼻先にキスをするばかりでなかなか唇に触れようとしない。

「……しない、のか」

「お前が指輪を外しちまったからちょっといじけてるんだ」

襦袢の上から胸の突起を引っ掻かれる。大した力ではなかったが背筋に痺れが走った。

これは駄目だ、と晴臣は思う。晴臣が指輪を外したことに大我がへそを曲げたのかと思うともういけない。存外に執着されていることを知ってしまって胸の底が歓喜で震えた。どこをどう触られても体が悦んでしまう。

晴臣は衿の奥に忍びこもうとする大我の手を取り、無理やり喉元まで引き戻した。

指先に金属が触れたのか、大我の手が止まった。

武骨な指にゆっくりと鎖骨を辿られ喉を反らす。首から下げたチェーンに大我の指が絡んだ。

チェーンの先にぶら下がっているのは、大我が左手に嵌めているのと同じデザインの指輪だ。

「海に捨てようと思ったが、捨てられなかったし……どこかにしまい込むことも、できなかった」

息を震わせながら白状すると、後ろからきつく大我に抱きしめられた。

大我は力を持て余したようにぎりぎりと晴臣を抱きすくめ、首筋で低く呻く。

「……なんでお前はいつもそうやって俺を殺しにかかるんだ」

物騒な言葉にぎょっとして振り返れば、顎を捕らわれ口づけられた。

驚いて閉じた唇を、吸い上げられて舐められる。唇の隙間を何度も舌で辿られ、おずおずと口を開くと深く舌を差し込まれた。

「ん……」

ざらりと舌を舐められて体が跳ねる。余裕もなく口の中を舐め回され、見る間に息が上がった。

合わせた唇の隙間からどちらのものともわからない荒い息が漏れ、首にかけた指輪に触れていた大我の手が衿を掻き分け胸をまさぐる。

襦袢の上から慌ただしく胸を撫で回されて着物の衿が乱れた。正絹の襦袢はしっとりと体温を吸って、大我の掌の熱がじわじわと染み込んでくる。

「ん……んん……」

胸の尖りにしつこく指を這わされ息が震えた。気持ちがいいというよりくすぐったい。けれど繰り返し同じ場所を刺激されると腰の奥がそわそわと落ち着かなくなってくる。柔らかな襦袢越しに突起を引っ掻かれ、少し強めに舌を噛まれて背筋が震えた。大我の興奮が伝播《でんぱ》したように、晴臣の体も薄く汗をかき始める。

ようやく唇が離れたときは腰が落ちかけていて、晴臣はぐったりと大我の胸に背中を預けた。後ろから大我に抱かれたままベッドに移動して、四つ這いの格好で乗り上がる。すぐさま羽織を脱がされて、帯の結び目に手をかけられた。

「晴臣、お前自分で着つけできたよな？」

背中からのしかかってきた大我に耳裏で囁かれ、息を乱しながらも頷き返す。

貝の口に結んだ帯は端を引くだけで簡単にほどけた。緩んだ帯の隙間に手を入れられ、着物の上から腰を撫でられる。それだけで腰骨が蕩けそうで晴臣は身をよじった。小さな抵抗は逆に大我を煽ってしまったらしく、後ろからきつく抱きしめられて獣のように首を甘噛みされた。

「あ……っ、や、やだ……」

「ん、悪い」

詫びる言葉とは裏腹に、大我の手は性急に着物の裾を割り太腿に触れてくる。襦袢の上から内腿を撫でられて切れ切れの声が漏れた。逃げようとシーツの上をもがけばますます裾が乱れる。膝から下が露わになって、大我が押し殺したような声で呟いた。

「目の毒だな」

襦袢の裾を掻き分けて、大我は下着の上から躊躇なく晴臣の雄に触れる。すでに緩く立ち上がっていたものを掌で包まれ、鋭く顎を跳ね上げた。

「あ……っ、ば、馬鹿……っ、そんな……」

そんな場所を他人に触れられた経験などなく、羞恥でさっと全身に赤みが差した。涙声で抗議してみたが大我は聞き入れない。先端に指を這わせ、形を確かめるように根元まで撫で下ろす。

「あ、あ……っ、や……」

「本当に嫌なら勃たない」

ゆるゆると手を動かしながら、大我が笑いを含んだ声で囁く。大我が言う通り晴臣の雄は徐々に形を変え、言い訳もできない。せめて唇を噛んで声を殺していると、耳朶にそっと歯を立てられた。

「声、聞かせてくれ」

「……っ、……」

「なあ、頼む。聞きたい、夢にまで見たんだぞ」

「う、嘘つけ……！」

晴臣の耳に唇を寄せたまま、心外だな、と大我は呟く。言うが早いか下着の中に手を入れられた。直接屹立《きつりつ》を握り込まれ、ひっ、と晴臣は喉を鳴らす。

「アパートで一緒に暮らしてる間、欲求不満で夢の中にまでお前が出てきた。人の気も知らないで無防備に煽りやがって、もうこのまま食っちまってもいいんじゃないかって何度思ったか」

「ひ、ぁ、や……あぁ……っ」

上下に手を動かされ、抑えようもなく声が漏れる。

硬い掌の感触がたまらなく気持ちよかった。大我の手だと思うとなおのこと興奮する。全身の血が沸騰しそうで、晴臣はすすり泣きのような声を漏らした。

「や、だ、大我……大我、だめ……っ」

「なんで。いきそうか？」

晴臣は必死で頷く。早過ぎると呆れられるかもしれないが、この手の行為には慣れていない。馬鹿正直に答えれば、首筋で熱っぽい溜息を吐かれた。

「……じゃあ、駄目じゃないだろ」

敏感なくびれを指で辿られ息が引きつる。大我の指はぬるついて、こらえ性もなく先走りをこぼしているのが自分でもわかってしまう。いやいやと首を横に振ったが許してもらえず、硬い指先で先端を弄られた。

「気持ちいいなら続けていいだろ？　ほら、いっていい」

「き……っ、着物、が……汚れ……」

なんとかそれだけ言葉にすると、大我が晴臣の首筋に唇を押し当ててきた。

「着物が汚れなければいいんだな？」

余裕のない声で言って晴臣の下着を押し下げた大我は、片方の掌で先端を覆うようにして、もう一方の手で幹を扱く。遠慮なく擦り上げられて一足飛びに射精感が高まった。びくびくと体が震え、どっと先走りが溢れてくる。

先端を包む掌がぬめりを帯びて、自らこすりつけるように腰を揺らしてしまった。追い打ちをかけるように幹を扱く手に抗いきれず、晴臣は背筋をしならせた。

「あ、あ……あぁ……っ！」

大我の手の中に精を吐き出し、晴臣は脱力してベッドに沈み込む。大我が掌で受け止めてくれたおかげで、辛うじて着物は汚さずに済んだようだ。着物のクリーニング代は存外高い。大我との同居で身につけた庶民的な金銭感覚をいかんなく発揮していたら、後ろから力一杯抱きしめられた。

「あ……っ、な、何……？」

「着物の色っぽさを再確認してるだけだ」

言葉の端から首筋に嚙みつかれた。力加減はしてくれているようだが、肌で感じる大我の息遣いは興奮しきって乱れている。

晴臣は何がそれほど大我を煽ってしまったのかわからない。中途半端に開いた衿から覗く鎖骨や、乱れた裾からこぼれる襦袢の白さがどれほど目の毒なのかまるで自覚はなかった。

「た、大我……着物……」

「わかってる、ちょっと待て」

大我は晴臣の首に歯を当てたまま、手早く腰ひもをほどいて着物を脱がせた。襦袢はそのままに、裾から手を入れて下着も完全に脱がせてしまう。

素肌に襦袢を一枚しか着ていないので、白い布地にうっすらと肌の色が透けて見える。されるがままベッドに仰向けになる晴臣を見て、大我は本格的に獣のような唸り声を上げた。

「くっそ……エロい」

「ば……っ、か……あっ」

首筋に顔を埋めてきた大我に喉元を舐められて声が途切れる。達したばかりで肌が過敏になっているらしい。腰ひもをほどかれ、ようやく襦袢も脱がされた。

大我は晴臣の首にキスと甘噛みを繰り返しながら、ベッドサイドに置かれていた個包装のローションを取った。晴臣の脚を開かせ、その間に身を割り込ませてローションの封を切る。

ローションをまとわせた手で中心をとられて腰が浮いた。吐精したばかりでまだ柔らかなそこを刺激されて爪先が反り返る。与えられる快感は普段の数倍の鋭さで、とっさに大我の背中にすがりついた。

「や、やだ、あ、あぁ……っ」

大我は熱っぽい溜息をつき、嫌か、と囁いて晴臣の髪に頬ずりした。声は優しいのに手の動きは容赦がない。過敏になっている場所をゆるゆると扱かれて腰が跳ねる。目に涙を浮かべて首を横に振ると、指先が移動して後ろに触れた。

「じゃあ、こっちは」

ローションで濡れた指に窄《すぼ》まりを撫でられ肩が跳ねた。

晴臣には性経験がない。男女のセックスも覚束ないのに、同性同士でどう交わるのかなど輪をかけてどうなるのかわからない。おぼろげながら、大我が触れているそこで体をつなげるのだろうと想像するのが精一杯だ。

「俺、は……構わないが」

震える声で呟くなり、指先が窄まりに入ってきそうになって慌てて言い添えた。

「お前こそ、できるのか？　ずっと女性とつき合ってきたのに」

「いつの話だ？」

高校の頃、と答えると、大我はばつが悪そうな顔で晴臣から目を逸らした。

「あの頃は派手に荒れてたからな。お前と学校が別々になって、会えなくなれば忘れられるだろうと思ってたら一向に忘れられん。むしろ会いたい欲求が募って言い寄ってくる女で発散した」

「さ、最低だぞ、それは」

知ってる、と苦笑いして大我は晴臣の頬に唇を滑らせる。

「東京に出てからは男も抱いた。自分はそっちの人間なんじゃないかと思って」

思ってもみない言葉に息を呑めば、耳元で押し殺した笑い声がした。

「男にしろ女にしろ、お前以上に執着する相手はいなかったけどな」

言葉の途中で窄まりに指を押しつけられる。身を硬くする晴臣の唇に、大我が柔らかなキスをする。ちゅ、と軽やかな音がして、無自覚に止めていた息を吐きだした。

「どっちもいけると言うよりは、どっちにしろお前じゃないと意味がないらしい」

固く閉ざされた場所をゆるゆると撫でられて、晴臣は唇を震わせる。

「……大我」

名前を呼んだらもう一度キスをされた。唇を擦り合わせるようなキスと共に、濡れた指先が窄まりと会陰を行き来する。直接性器に触られているわけでもないのに、ローションをまとった指で何度も同じ場所を擦られると腹の奥がむずむずと落ち着かない。

小さな溜息をついたら唇の隙間から舌が忍び込んだ。深く口づけられて体の芯が痺れる。

薄く目を開けると、大我も同じように目を開けた。熱を帯びた目で食い入るように晴臣を見る。のしかかってくる体は熱く、汗ばんだ肌の感触を知ってしまえば躊躇がとろりと溶けてしまう。

もう何年も大我に片想いをしてきた。そのせいか、大我に求められると抗えない。好きにしてほしい、と言葉で伝える代わりに、背中に回した腕で大我を抱き寄せる。晴臣の意図は正しく大我に伝わったらしく、途端にキスが激しくなって口の中を余すところなく食い荒らされた。

「ん、んん……っ、ぁ、あ……っ」

酸欠直前で唇が離れる。深く息を吐くと同時に窄まりに指が入ってきた。ローションを使っているおかげか、ほとんど引っかかりもなくつけ根まで呑み込まされる。

「あ、あ……ぁ……っ」

痛みはないが、異物が侵入してくる違和感に息が途切れた。晴臣が身を強張らせていることに気づいて、大我がもう一方の手で晴臣の雄に触れる。

「……っ！　や、めろ……っ、そこは……っ」

ローションをまぶした掌に包み込まれ、背筋の産毛が一斉に逆立った。

「あっ、あぁ、あ……っ」

制止の言葉など一瞬で崩れ落ちた。中にいる大我の指を締めつけてしまい、腰の奥に甘ったるい痺れが走る。ゆっくりと指を抜き差しされながら前を扱かれると、内腿に痙攣するような震えが走った。

体を押し開かれる苦痛を快感が凌駕《りょうが》して、浅瀬に打ち上げられた魚のように何度も爪先が跳ねた。体が跳ねるタイミングは自分でもよくわからない。節の高い指で奥を突かれたからなのか、先走りをこぼす先端を指の腹で刺激されたからか、あるいは身悶える自分を見て、大我が熱に浮かされたような顔でキスを仕掛けてきたからか。

「ん、んん……んっ……」

じっくりと奥を責められながら舌を吸い上げられ、喉の奥からくぐもった声が漏れた。柔らかかった中心にも芯が通り、大我の手の中で固さを取り戻す。

指を二本に増やしながら、大我がキスの合間に呟いた。

「良くなってきたか……？」

晴臣は唇を開いたが、切れ切れの嬌声が漏れるばかりで言葉にならない。なんとかひとつ頷くと、大我が目元をほころばせた。

「良かった」

心底ほっとしたような顔をして晴臣の目元にキスをする。

柔らかな唇の感触に、胸の奥がきゅぅっと締めつけられた。大我の指を受け入れた場所も同じように収縮して、どうした、と大我が甘やかな声で囁く。

「気持ちよかったか？　奥？」

「ち、ちが……っ、あ、ぁ……っ」

指の腹で奥をこすられ、柔らかくなった粘膜から甘い疼《うず》きが染み出してきた。

「ほら、どこがいい？　浅いとこも好きか？」

喋りながら大我が顔中にキスをしてくるので返事もままならない。愛し気に目を細められると、もう何をされても気持ちがよくなってしまって怖いくらいだ。なんでもない振りをするには片想いの期間が長過ぎたし、大我のことが好き過ぎる。

晴臣の頬や瞼や鼻の先に唇を落としながら、どうしてほしい、と大我が重ねて尋ねる。晴臣はぼんやりと潤んだ目で大我を見上げ、緩慢に片手を口元に添えた。

「……ここにも、キスをしてほしい」

指先で自分の唇に触れる。

大我は虚を衝かれたような顔をして、すぐさま花がほころぶように笑った。

花びらが降ってくるように柔らかく唇が重なる。それだけで中の指を締めつけてしまって、唇を合わせたまま大我に笑われてしまった。唇を舌で割られると期待で息が浅くなる。内側が蠢いて、大我の指を奥に引き込むような動きを見せた。舌を絡ませながら指を出し入れされると全身にさざ波のような震えが走り、体が内側からうねりを上げた。

「ん……ぅ、ん……っ」

強く舌を吸い上げられて、背骨まで蕩けそうになった。口の中をぶ厚い舌で掻き回されるのが気持ちいい。唇が離れ、惜しむような顔をする晴臣を見て大我が濡れた唇を弓形にする。

「恥ずかしがってたと思ったらキスとかねだってくるから、お前はマジで油断ならないな」

深々と埋め込まれていた指を抜かれ、晴臣は声もなく仰け反る。

大我は身につけていたものをすべて脱ぎ落すと、ベッドサイドに手を伸ばしてコンドームを取った。ちらりと見えた下腹部はすでに天を仰いでいてとっさに目を逸らす。自分の痴態を見てそんな状況になったのかと思ったら体が芯から熱くなった。

こういうときどこを見ていればいいのかわからず視線をさ迷わせていると、大我が体を倒して晴臣の鎖骨にキスをしてきた。

骨の上を唇が滑り、喉元でぴたりと止まる。再び顔を上げた大我は、晴臣が首から下げた指輪を唇で挟んでいた。

「本当に……可愛いことばっかりしやがって」

目を細め、笑っているのに声が低かった。興奮を抑え込んだ声色だ。欲を孕《はら》んだ目で見詰められると、心臓が苦しいくらいに高鳴った。

脚を抱え上げられ、柔らかくほころんだ場所に熱い切っ先を押し当てられる。先端でぬるぬると窄まりを撫でてから、ぐっと圧をかけて中に入ってきた。

「ん……っ、ぅ……」

圧迫感に喉が鳴る。狭い場所を無理やり押し広げられてさすがに痛い。大我もそれに気づいたようで、いったん腰を引くような仕草をした。

「い、行くな……！」

とっさに大我の背中を抱き寄せ、その首筋に顔を埋めた。「無理すんな」と声をかけられたが首を横に振る。顔を上げて大我の表情を確認することはできなかった。せっかく自分相手に興奮してくれたのに、水を差してしまったのではないかと思うと怖くなる。

大我にしがみついて動かずにいると、そっと髪を撫でられた。

「わかったから、息吐け。大丈夫だから」

繰り返し髪を撫でられ、少しだけ緊張が解けた。大きく息を吐くと、そのタイミングを見計らって大我が腰を進めてくる。先程よりは入っただろうか。でも上手くいかない。

「力抜け、無理しなくていい」

腕を撫でられ、大我にしがみつく力を少しだけ緩める。

大我が白けた顔をしていたらと思うと不安で、深く目を伏せたまま後ろ頭をシーツにつける。奥歯を噛みしめて鈍痛をやり過ごしていたら、固く引き結んだ唇にキスを落とされた。

「晴臣」

囁く声で名前を呼ばれ、伏せていた目を恐る恐る開けた。

大我はゆるりと目を細めると、もう一度晴臣の名前を呼ぶ。

「晴臣、好きだ」

口にした瞬間、大我は何か胸に迫ってきたように顔を歪め、一呼吸分開けてから不器用に笑みを作った。

「……こうやって、お前の名前を呼べて、嬉しい」

晴臣、と大我が自分を呼ぶ。

学生の頃は、互いを名字で読んでいた。十数年ぶりに再会したときも真っ先に名字で呼ばれたし、晴臣だって大我を「山内」と呼んだ。

自分たちは、そういう距離感のまま卒業して離れ離れになったのだ。二十代も半ばを過ぎ、もう再会する機会もないと思っていた。名前を呼び合うことなど想像もしていなかったのに。

「……大我」

気がつけば、晴臣も大我を呼んでいた。名前を呼べて嬉しい、と言った大我の言葉が胸に迫る。

ぐっと声を詰まらせれば、大我が低く笑って晴臣の目元に唇を寄せた。

「たった一回失敗したくらいじゃ諦めねぇから、無理はすんな」

「……ん」

「入んなかったら時間一杯までこうしていちゃいちゃしてるだけでも十分だろ」

笑いながら大我は晴臣にキスをする。晴臣の不安など見越しているようだ。

柔らかなキスを顔中で受け止め、晴臣も小さく笑った。

「そうだな……でも、もう少し挑戦してみてもいいんじゃないか……?」

大我の背中を撫で下ろし、誘うように脚を開く。

たちまち大我は真顔になって、張り出した喉がごくりと上下した。迷うように視線を揺らした大我を見上げ、催促するつもりで背中にそっと爪を立てた。

大我は一転して低くなった声で「無理すんなよ」とだけ言って、再び腰を進めてくる。

「ん……」

半ばまで埋まっていたものが、より深く侵入してくる。少し時間を置いたせいか、それとも気が楽になったからか、痛みが少し和らいでいた。大きな熱の塊が、ずっしりと体の奥を満たしていく。痛みよりも充足感が勝った。固く花びらを抱きしめていたつぼみがゆっくりと開くように、晴臣の体がしなやかに反り返る。

「は……ぁ、あ……っ」

耳元で大我が短く息を吐く。入った、と囁かれ、胸の奥からどっと甘い感情が溢れてきた。

長い長い片想いだった。実りもせずに散るはずだった。それでも捨てられなかった古い造花が、長い月日を経て甘やかに匂い立つ。

「晴臣」

名前を呼ばれて泣きそうになった。返事はできず、大我の首の後ろに腕を回して抱き寄せる。近づいた唇にキスをすると、余裕なく唇に噛みつかれた。

「悪い、あんなこと言った後じゃ格好もつかんが、動いていいか」

切迫した表情が愛しいと思った。首に回した手を大我の後ろ頭に添えて、くしゃくしゃと撫で回しながら囁く。

「……いい。お前の好きにされたい」

大我が一瞬息を詰めた。と思ったら、唇の端に獰猛《どうもう》な笑みが浮かぶ。

「本気で人の理性を殺しにかかってきたな……？」

不穏な言葉に怯む間もなく脚を抱え直され、小さく体を揺さぶられた。痛みはなく、代わりにざわりと背筋が総毛立つ。中にいる大我を無自覚に締めつけてしまい、腹の奥がずくんと熱くなった。

「ん……ん、ぁ……あっ」

「……っ、意外といけそうだな」

晴臣の声の甘さに確信を得たのか、前より大きく体を揺らされた。

大きなベッドの上で体が不安定に揺れ、大我の首にしがみつく。大我が深く体を倒してきて、互いの胸がぴたりと合わさった。汗ばんだ大我の肌は熱い。胸を叩く心臓の鼓動まで伝わってきそうだ。

「あ、あぁ……や、ぁ……っ」

熱くて重い体にのしかかられると、体がぐずぐずと溶けてしまう。大我を受け入れた部分も柔らかくほどけ、緩慢に出入りするそれに追いすがろうと必死だ。

大我を受け入れて、全身がうっとりと蕩けていく。たまらなくなって、晴臣は大我の首筋に頬をすり寄せた。

「何可愛いことしてんだ」

晴臣を揺さぶりながら、大我が声に笑いを滲ませる。深々と貫かれながら喋られると低い声が体の芯に響くようで、晴臣は指先で力なく大我の背を掻いた。

「大、我……、た……っ、あ……あぁ……っ」

大我を呼ぶ声も、甘ったるく溶けた声に呑み込まれてしまう。固い切っ先で奥を穿《うが》たれると、互いの腹の間で勃ち上がっていた屹立から蜜がこぼれた。

段々と大我の腰の動きが大きくなってきて、くそ、と首筋で悪態をつかれた。

「駄目だ、がっついちまう、悪い、こんな――」

何事か言いかけた大我の唇をキスでふさぐ。好きにされたいと言ったのは晴臣の方だ。謝られたくなどない。

大我の唇をざらりと舐めると、噛みつくようなキスを返された。

いきなり最奥を穿たれて喉を仰け反らせる。晒した喉元に歯を立てられ、そのまま荒々しく突き上げられた。

「あ、あぁ……っ！」

「ひっ、あっ、あぁ……っ」

「さんざん踏みとどまったぞ、俺は……！」

怒ったような声で言い、大我が強めに晴臣の肩を噛む。痛いのにそれすら快楽のスパイスになるようで、晴臣は息を震わせながら大我の首に爪を立てた。

手加減なく突き上げられてベッドが軋む。狭い場所を押し開かれる鈍痛は、次々襲い掛かる快感に押し流されてどこかへ行ってしまった。肩や首に繰り返し歯を立てられ、獣のように舐められて、肌を撫でる興奮しきった息遣いにどんどん追い上げられていく。

大我、大我、と繰り返し名前を呼ぶ。応えて深く貫かれる。小さな身じろぎすら封じるように固く抱きしめられて、晴臣の爪先が反り返った。

「あっ、あぁっ、や、あ、あぁ……っ」

体ごと突き上げられて息が止まる。体がうねりを上げるように震え上がり、互いの腹の間で欲望が爆ぜた。締めつけに引きずられたのか、大我も息を詰めて胴を震わせる。

「……っ、は……っ」

短く息を吐いて、大我はさらにきつく晴臣を抱きしめた。痛いくらいだったが、その強さに安心して晴臣はとろりと目を閉じる。うっかりそのまま意識を飛ばしそうになったが、首の後ろを撫でられ、すんでのところで踏みとどまった。

「大我……？」

ぼんやりとした声で大我を呼ぶと、返事の代わりにキスをされた。柔らかな感触に口元をほころばせれば、霞んだ視界の中で大我も笑う。また首筋を撫でられ、何をしているのかと思ったら首から下げていたチェーンの金具を外していたらしい。

「これはここに嵌めておいてくれ」

シーツに投げ出していた左手を取られ、薬指に指輪を通される。

「もう外すなよ」

指輪の上から薬指にキスをされ、晴臣は泣き笑いのような顔になる。

愛しさも隠さず晴臣の手に頬をすり寄せる大我を見て、捨てないで良かった、と思った。

揃いの指輪も、古びた造花も、長年温めた大我への恋心も。

今日ばかりは、諦めの悪い自分を手放しに褒めてやってよさそうだ。


強い風が吹いて、目の端をひらりと白い花びらが舞う。

花束を抱えて歩いていた晴臣は空を見上げた。土手沿いの桜並木はもうすっかり花を散らして緑の葉が茂り始めている。どこかの枝に最後の花びらでも引っかかっていたか。

すでに夕暮れが迫る時間だが、春先の空気はしっとりと湿って暖かい。いつもよりのんびり歩いていると、「晴臣」と背後から声をかけられた。

低い声が優しく耳を撫で、振り返る前から頬が緩んでしまう。歩調を緩めて振り向けば、夕日で染まる道の向こうから、紺の作業着を着た大我が駆けてきた。作業着の胸ポケットには山内工場の刺繍がある。東京から地元に戻った大我は、今は自宅で家業を手伝っていた。

隣に並んだ大我に仕事中かと尋ねれば、「立花の所に行ってきた」と返事があった。また珍しい名前が出てきたものだ。

「あ、結婚したからもう立花じゃないけどな」

「未だに連絡を取り合っているのか？　立花の結婚式にも電報を送っていたが……」

「そりゃ、取引先の次期社長夫人だから」

晴臣はきょとんとした顔で大我を見上げる。その顔を見下ろして、「わかってなかったのか」と大我は意外そうな顔で言った。

「お前、立花の結婚式に出席したんだろ？　新郎紹介ちゃんと聞いてたか？　立花の旦那は実家が基板メーカーなんだよ。筐体《きようたい》なんかはうちに注文してくれるお得意さんだ。本当は親父から祝電送る予定だったんだけど、相手が立花だからな。俺からも送っといた」

それだけの話だ、と大我は笑う。

バレンタインに立花からクッキーを受け取ったのは、晴臣も一緒に作ってくれたのを知っていたからだし、ホワイトデーにキャンディを渡すときも「紫藤にも半分渡せよ」と言い添えた。おかげで立花からはその場で振られてしまったらしい。

二人の間に特別な関係などなかったのだ。事実を知った晴臣は安堵《あんど》する一方、場違いな嫉妬心を向けてしまった立花に心の中で詫びた。

「それより、お前こそ仕事の帰りか？　にしては珍しいもの持ってるな」

大我が晴臣の腕の中を覗き込む。晴臣が抱えているのは花材となる切り花ではなく、ラッピングを施されたブーケだ。薔薇とチューリップとライラックの花束は、淡いピンクと紫で統一されていた。

「カルチャーセンターの生徒さんから預かったんだ。兄に渡してほしいと」

「ああ、そうか。お前の兄貴もいよいよ婚約したんだもんな」

うん、と晴臣は頷く。婚約相手は以前から晴臣の自宅に通っていた日本舞踏家の一人娘だ。それまでは晴臣と母が内々に家に招いていたのだが、たまたま講演会から早く帰ってきた父が鉢合わせをしてしまい、相手の家に挨拶もせずつき合うのはよろしくないと、父から先方に婚約の話を持ち込んだらしい。

まだ出会って一ヶ月の二人だ。兄は二の足を踏むのではないかと心配したが、案外あっさり父の言い分を聞き入れ相手の家に挨拶に行った。相手の両親は娘が清雅に心酔していることは承知しており、むしろ手放しで清雅を歓迎してくれたらしい。

「最初は相手の方が兄にベタ惚れだと思っていたんだが……もしかすると逆かもしれないな」

「へえ、あの兄貴が？　女に興味なんてないって顔してたけどな」

「それだけ彼女と気が合ったんだろう。デートの後は俺相手に惚気《のろけ》てくる」

大我は「想像がつかん」と渋い顔をする。晴臣だって驚いた。そうでなくともここ数年は兄とぎくしゃくした関係が続いていたのに急に恋愛話など振られるのだ。身内の恋愛相談というのも妙に気恥ずかしく、最初はどんな顔で聞いていればいいかわからず戸惑った。

「お前の家に行っても邪険に追い返されなくなったのはそのせいか」

「そうだな。今は自分のことで頭が一杯らしい」

「その指輪も、ずっとつけてても何も言われないんだろ？」

大我が晴臣の左手を見る。薬指には大我と揃いの指輪が嵌まったままだ。四六時中つけているが、家族から特にそれに言及されたことはない。

「兄も父も、結納の準備で忙しくてそれどころじゃないんだろう」

「おばさんは？」

「母は……気がついているようだが、特に何も言わないな」

「逆に怖いな。難攻不落の強敵は、兄貴じゃなくて案外おばさんかもしれん」

低く笑って大我は自身の左手をかざす。大我もまだ薬指に指輪をしたままだ。

「お前こそ、家族に指輪のことは何も言われないのか？」

「言われた。東京で彼女でもできたかって。噂話に尾ひれがついて、東京でできた彼女と結婚するなんて話にまでなったもんだからきちんと説明したぞ。お前と一緒に買ったって」

「言ったのか⁉　ご、ご家族はなんと……！」

顔色を変えた晴臣を見下ろし、大我は渋い顔で空を仰いだ。

「それがなぁ、『紫藤さんのお坊ちゃんを子供じみた悪戯に巻き込むな』って言うばっかりで、何度ペアリングだって説明しても信じてくれねぇんだわ」

大我の両親は、大我と清雅が犬猿の仲だったことを知っている。数ヶ月前、駆け落ちと銘打って大我が晴臣を東京に連れ出したことも承知しているし、その折には晴臣の実家にまで両親揃って謝罪に向かったらしい。双方の家が「うちの愚息がご迷惑をおかけして申し訳ない……」と頭を下げ合う羽目になったと後から聞いた。晴臣と大我が未だに同じ指輪をつけているのも、あの悪ふざけの延長だろうと高をくくっているらしい。

「……本当にちゃんと説明したのか？」

「当然。でも、お前が思ってる以上に紫藤家の格式は高いんだよ。町工場の倅がおいそれと恋仲になれるなんて近所の誰も思っちゃいない。お前の兄貴と俺の諍いにお前が巻き込まれてるって言った方がずっとすんなり信じてくれる」

その分好き勝手できるけどな、と言い差し、大我は身を屈めて晴臣の頰にキスをする。

ぎょっとして、飛び退るように大我から距離を取った。とっさに道の前後を確認する。幸い人通りがなかったので胸を撫で下ろしたが、さすがに横目で大我を睨んだ。

「……誰かに見られたらどうする」

「恋人同士です、とでも言っておく。多分信じてもらえないけどな」

あっけらかんと言い放ち、大我は懲りずに晴臣との距離を詰めた。

「それよりお前はどうすんだ？　兄貴が結婚した後も実家暮らし続けんのか？」

橙から紫に色を変え始めた夕空を背に、大我はするりと話題を変える。ここ数日の悩みの種を俎上《そじょう》に載せられ、晴臣も表情を改めた。

「さすがに、家は出た方がいいだろうな。兄は結婚した後も実家で暮らすことになるだろうし。ただでさえ義父母と同居するのに、俺までいては兄嫁も気詰まりだろう。どこかにマンションでも借りようかと思っている」

「じゃあ、ちょっとデカいマンションでも借りて今度こそ正式に同棲するか」

気負いのない口調で言われ、うっかり頷いてしまいそうになった。途中で我に返って大我を見上げる。冗談かと思ったが、それにしては大我の頰に浮かぶ笑みが優しくて返事に窮した。

「お、お前は、実家に帰ったばかりだろう。わざわざ部屋を借りる意味がない」

「それがな、二年も東京にいた間に、俺の部屋が親父のカラオケルームにされてたんだ。なんならこれを機に家を出ろとまで言われた。部屋がないから今は納戸で寝起きしてる」

「冗談だろう？」

「残念ながら冗談じゃないんだな。どこの家もお前の家族みたいに息子を溺愛してると思うなよ？」

笑いながら大我が晴臣に手を伸ばす。指先が頬に触れそうになってどきりとしたが、大我の指は淡い紫色の薔薇を撫でてただけだった。

「家賃折半して、今度は家事もきちんと分けてやろう。またお前が倒れると困る」

「……本気か」

「もちろん。そのときはお前の実家にも挨拶に行く」

「兄が許すと思うか？　父だって……」

「お前の指輪にすら気づいてない迂闊《うかつ》な男どもなんぞ、おばさんが上手いこと丸め込んでくれるだろ。先に味方につけられればの話だが、そこは俺の頑張り次第かねぇ」

「母は許すと思うか？」

「許さなかったらとっくに指輪を外させてるんじゃないか？」

立て板に水を流すような軽快さで大我は受け答えをする。もしかすると、こうして晴臣に話す前から何度も考えてきたことなのかもしれない。

思わず足を止めれば、晴臣に合わせて大我も歩みを止めた。

大我の頬に夕日が射して、頬の輪郭に金色の光が滴る。夕暮れのチャイムがうっすらと辺りに響き、子供の頃から飽きるほど聞いてきたそのメロディーを下敷きに、大我は言った。

「俺はもう、この地元から離れる気はない。家族もいるし、工場もある。お前だってきっとここを離れられない。そうなれば近所の目もある。長くは隠し通せないだろ」

「だからって公言する気か」

「誰かれ構わず言いふらす気はない。でも、必要な人たちにはきちんと言う」

信じられず、晴臣は腕の中の花を抱きしめる。

大我の言う通り、自分たちはこの先もずっとこの地に留まるだろう。大我には工場がある。晴臣だって個別に指導している生徒が地元に多数いる。そうなったら地域の人の目に触れぬよう、家族にも隠れてつき合いを続けていくことになるのだと覚悟していたのに、大我の考えは違ったようだ。

大我は再び手を伸ばすと、晴臣の頬を撫でるのと同じ手つきでチューリップのつぼみを撫でた。

「お前は家族に隠し事とかできるタイプじゃないだろ。それに、放っておくと今度こそ本気でお前のところに見合いの話が舞い込んできそうだし？」

花の輪郭をなぞるように大我の手が動く。晴臣は自分の心も一緒に撫でられている気分になって、身をよじるようにしてその手から逃れた。

「ほ、本気なのか。お前も家族に、打ち明けるのか……？」

「いや、だから俺はもう全部言ってある。信じてもらえないだけで」

怯んで逃げる晴臣を、大我は何度でも追いかける。今度はライラックの花に指を伸ばし、前途多難だ、と笑った。

「同棲始めても、周りからは『ルームシェアでしょ？』って言われ続けるんだろうなぁ。俺が無理やりお前の部屋に転がり込んだみたいに言われるんだぞ。最終的には、結婚しない男同士が気楽な同居を続けてるなんて言われるんだろうな。目に浮かぶ」

晴臣としてはむしろそんなふうに大らかに放っておいてもらえた方が有り難い。けれどそんなに上手くいくものだろうか。少数派に対する世間の目はもっと冷たいように思うが。それとも晴臣が怖気づかないよう、敢《あ》えて願望を交えた柔らかな未来だけ切り取って口にしているのか。

どちらにしろ、大我は本気だ。本気で自分を口説きにかかっている。

驚いて声が出なかった。

大我だって本当はわかっているはずだ。晴臣や大我の家族がこの関係を認めてくれるかわからないし、周囲の人たちが黙って見守っていてくれる保証もない。中傷や流言もあるだろう。家族と訣別してしまう恐れだってある。

わかっていて、自分と歩む未来を口にしてくれた。

晴臣は所在なく花束を抱え直す。嬉しいのに胸が一杯で言葉が出ない。立ち止まって動けない晴臣を、大我は急かすでもなく静かに見詰めている。

次の言葉を言いあぐねて視線を落とせば、腕の中で柔らかく花が香った。暮れていく空の色に似たピンクと紫。次の季節に胸膨らませる、優しい春の空の色だ。

晴臣は花に視線を落としたままぼそぼそと呟く。

「……兄へ渡す花でなければ、全部お前に渡してるんだが」

やはり自分は、言葉で感情を伝えることが苦手だ。心ごと花に託して手渡したい。

大我は含み笑いを漏らすと遠慮なく晴臣に体を押しつけてくる。勢いに負けた晴臣はよろよろと後退して、道の脇に植えられた桜の幹に背をつけた。

日は沈み始めたのに、まだ街灯はついていない夕と夜のあわい。桜の下に隠れて大我が囁く。

「花ならもうもらった」

暗がりの中、大我の顔が目の前に迫る。

小学生の頃、教室に飾るつもりで家から持ってきた花をひとつ残らず大我に渡した。嬉しい、ありがとう、好きだ、と、当時と同じ気持ちが胸の底からふつふつと湧いてくる。

大我の顔が近づいて、晴臣はゆっくりと目を閉じる。また花に邪魔をされるだろうか。大我も同じことを考えたようで、指先でがさりと花を掻き分ける音がした。

唇で受け止めたのは、花びら越しのひやりとしたキスとは違う。

春の日差しを思わせる、温かな口づけだった。

花のある生活に憧れる海野《うみの》です。こんにちは。
仕事中、ふと顔を上げたら花瓶に活けられた花が見えるとか、机の周りに観葉植物があるとか、心の底から憧れるのですが現実はさっぱりです。見渡す限り無機物しかありません。

観葉植物を家に置いてみたことがないわけではないのですが、ものすごい勢いで片っ端から枯らしました。観葉植物は敷居が高かったのでは？　ということでサボテンなども育ててみましたがサボテンすら枯らしました。なんならエアープランツすら枯らしました。あまり頻繁に水をやらなくてもいい植物だから、と思っていたら水をやるという行為自体を忘れて枯らしました。

ならばとばかり二代目のサボテンにはまめに水をやっていたら今度は根腐りしました。加減が難しい。

切り花もごくまれに花瓶に活けてみるのですが、今度は捨て時がわからず、萎れてもなお花瓶の水を替え続けてしまいます。

花びらの色が変わったくらいでは「まだいける」と思ってしまうのですが、実際はいつ捨てるのが正解なのでしょう。花びらが残っているうちは

あとがき

まだそのときではない、という認識でいたら一向に捨て時がやってこなかったりするのですが。もしかすると切り花の寿命って私が思うよりずっと短かったりする……？　と思うものの真相は闇の中です。

そんなこんなで今回の主人公は華道家でしたがいかがでしょうか。私自身は前述したとおり壊滅的に花に疎いのですが、幸い母が生け花を習っていたのでここぞとばかりいろいろ訊きながら書いてみました。にもかかわらず花の描写より節約描写に力が入ってしまった気がしないでもないのですが、楽しんで頂けましたら何よりです。

今回、クロスノベルスさんから本を出していただくのは初めてで、内心とても緊張しております！　幼馴染に長年片想いという、個人的には鉄板なシチュエーションで挑んでみました。あと若干斜め方向上に頑張る主人公と、武骨なようでいて器の大きな攻も大好きなのでこれも盛り込んで、海野の好物全部乗せみたいにしてみたのですが、少しでもお気に召していただけましたら幸いです。

イラストは大橋《おおはし》キッカ先生に担当していただきました。いや本当にびっくりするほど美しいイラストでしたね⁉　ちなみに口絵のカラーイラストを担当さんからメールで送っていただいたとき、メーラーの不調で一度メールが消えてしまい、「あれ、今何か神々しいほどに美しいイラストを見た気がするけど夢だったのかな⁉」とうろたえました。本当に拝みたくなる美麗さでした。大橋先生、有難うございました！

そして末尾になりますが、この本を手に取ってくださった皆様にも心から御礼申し上げます。今回は初めてのクロスノベルスさんなので、はじめましての方もいらっしゃるかもしれません。基本的にラブコメを書くことが多いので、今回のお話をお気に召していただけましたら今後ともどうぞよろしくお願いいたします！

それでは、またどこかでお会いできることを祈って。

海野　幸《さち》

CROSS NOVELSをお買い上げいただき
ありがとうございます。
この本を読んだご意見・ご感想をお寄せください。
〒110-8625
東京都台東区東上野2-8-7　笠倉出版社
CROSS NOVELS 編集部
「海野 幸先生」係／「大橋キッカ先生」係

CROSS NOVELS

片想いの相手と駆け落ちしました

著者
海野 幸

2020年1月23日　初版発行　検印廃止

発行者　笠倉伸夫
発行所　株式会社　笠倉出版社
〒110-8625　東京都台東区東上野2-8-7　笠倉ビル
[営業]TEL　0120-984-164
FAX　03-4355-1109
[編集]TEL　03-4355-1103
FAX　03-5846-3493
http://www.kasakura.co.jp/
振替口座　00130-9-75686
印刷　株式会社　光邦
装丁　磯部亜希
ISBN　978-4-7730-6016-4
Printed in Japan